Mountain Base

马克斯·布鲁克斯

小说

《我的世界：海岛》

《我的世界：山》

《僵尸生存指南：如何在活死人横行的疯狂世界求生》

《僵尸世界大战：一部僵尸战争的口述历史》

图像小说

《僵尸生存指南：袭击记录》

《特种部队：心与思》

《灭绝游行》

《哈莱姆地狱战士》

MINECRAFT
我的世界：山

MINECRAFT
我的世界：山

[美]马克斯·布鲁克斯　著

陈新瑜　黄文彬　译

童趣出版有限公司编译　人民邮电出版社出版
北　京

图书在版编目（CIP）数据

我的世界. 山 / （美）马克斯·布鲁克斯著 ; 童趣出版有限公司编译 ; 陈新瑜，黄文彬译. -- 北京：人民邮电出版社，2022.4
ISBN 978-7-115-58431-1

Ⅰ. ①我… Ⅱ. ①马… ②童… ③陈… ④黄… Ⅲ. ①儿童小说－长篇小说－美国－现代 Ⅳ. ①I712.84

中国版本图书馆CIP数据核字(2021)第277599号

著作权合同登记号　图字：01-2021-6473

文字翻译：陈新瑜　黄文彬
责任编辑：刘佳娣
执行编辑：魏宇非
责任印制：李晓敏
封面设计：林昕瑶
排版制作：李凤敏

编　　译：童趣出版有限公司
出　　版：人民邮电出版社
地　　址：北京市丰台区成寿寺路 11 号邮电出版大厦（100164）
网　　址：www.childrenfun.com.cn

读者热线：010-81054177
经销电话：010-81054120

印　　刷：北京华联印刷有限公司
开　　本：889×1194 1/32
印　　张：9
字　　数：300 千字
版　　次：2022 年 4 月第 1 版　2023 年 10 月第 4 次印刷
书　　号：ISBN 978-7-115-58431-1
定　　价：59.00 元

献给宅家的孩子们。

愿你们一生中总能遇到数不清的精彩冒险。

以下文字依据真实经历改编。

序　言

　　拿到这本书，证明你对这个由方块组成的奇异世界已经有了个大致的了解。如果你有机会读到我的第一本书《我的世界：海岛》，就能知道当年我是怎样一头栽进来的。那本书描述了我独自一人在大海里生成，碰上一座孤岛，然后在岛上求生的经历。它不仅使我了解了这个世界，更让我认识了自己的内心。

　　好了，如果你没听说过这个故事，现在也知道了。

　　假如本书是你读到的第一本《我的世界》小说，那也别着急。我会慢慢讲给你听。你只要知道本书是《我的世界：海岛》的续集就行了。我以为自己已经学到了很多，但真正的学途才刚刚开始。

第一章

寒冷彻骨。

周遭的一切如堕冰窟。

离开方块海岸一天半了，我不怕告诉你，其实上一秒我正在考虑原路返回。

这不是我第一次想原地掉头、拔腿就溜——呃，应该说拔桨就溜。登上那片陌生新大陆后的几天时间里，我勤学苦练，一不小心合成了一艘船，跟我现在驾驶的这玩意儿像是一个模子刻出来的。那时候我还是个菜鸟，胆战心惊加上筋疲力尽，巴不得马上离开那个鬼地方，所以使出吃奶的劲儿冲向岸边，向着地平线的方向狼狈逃窜。

还差点儿在海上分不清东南西北。

那仿佛是上辈子的事了。这回我暗暗下定决心，绝对不能重复上次冲动犯下的错误。我足足花了一个星期规划这次长途旅行。食物充足、工具精良、原材料齐全，而且更重要的，

我的世界：山

还有指南针和一幅近乎空白的地图。为什么说"近乎"呢？因为我的小岛出现在地图上远远的东边角落里。为什么说"出现"呢？因为当我把地图从工作台上揭下来时，在地图的一片棕色背景中，赫然完美地再现了那座小岛的全貌。

我呢，瞧这儿，用一个白色小箭头代表，忽而转弯忽而向前，跟着我形影不离。当时我心里还想：太棒了！地图加指南针，我再也不会迷路了！

按照矿井里找到的那本手册的指引，我学会了用八张甘蔗纸围绕原始地图进行扩充。在如法炮制了好几次以后，小岛最终缩成一个棕绿色的小点儿，外围罩着一个细细的蓝圈儿，然后就是大片大片的空白地带。在广阔无垠的未知世界里，它是如此渺小。当时那种五味杂陈的情感仍然萦绕于心，兴奋之中带着恐惧。外面的世界到底是怎样的呢？

还有几个星期才能揭晓谜底。我写第一本书的时候也花了这么长时间，然后把它留给了后来的人。它记载了我一路上的冒险经历，还有从中总结出来的许多道理。就是其中的最后一条道理推动着我重返大海：

成长永远发生在舒适区之外。

当时听起来确实很威风，真心实意，豪情万丈。

与我的动物朋友们告别后，我向西划桨而去，这句话一直萦绕在脑海中。我时不时回头望望，熟悉的一切慢慢消失。

跟地图上一样，眼前的景物越来越小：先是低地，接着是山丘，然后是我山顶的房子，最终那座高耸入云的圆石瞭望塔也变成了一个点儿。

"成长永远发生在舒适区之外。"我喃喃念着,回头望向那落日余晖。

我不知将这句短短的话语在脑海里大声重复了多少遍。日头落下,天空一片漆黑,一轮苍白的圆月令我想起自己的那座小岛,强烈的思乡愁绪从心底升起。

百转千回。

指不定哪儿就碰上陆地了——我给自己打气。前方迟早会有个什么东西蹦出来。我告诫自己:恐惧也不能阻止我的脚步。黑暗中必须瞪大眼睛别漏了什么,那有可能是一座没有山的低矮岛屿,后面跟着一长串岛链,划得太快可就错过去了。

我当时的想法就是这样,所以一路上前后左右到处察看,同时格外留心别偏离航线。这时指南针就派上了用场,红色指针直指我身后最初的生成点。地图也没白带,随着我不断前进,上边自动画出一条笔直、粗重而且连续的蓝线,犹如魔法加持。"没有陆地,"它无声地告诉我,"一无所获。"我也想就此停下休息一会儿,等待黎明到来。起码白天能看得更清楚些,不怕错过目标。我也不敢那么肯定,地图的显示范围和自己的视野范围完全一致。要是我能看得更远一些该多好……

冷不丁发现我越界了!

其实是超出了地图边界,不是越过了世界边界。

我又察看了一遍,发现已经划过了地图最西边的界限,导引箭头变成了一个静止的圆圈儿。什么时候变成这样的?

3

多长时间没注意了？我不该忘了计算距离和时间。没有随时随地留意方位和时辰真是个错误。

要是我真的跑出了世界边界会怎样呢？人们不是曾经以为自己居住的世界——我真正出生的那个世界——是扁平状的吗？直到现在还仍然有些蠢货对此深信不疑，即使海量证据摆在眼前，他们的榆木脑袋也冥顽不化。眼前的世界是圆是扁，我一时半会儿也摸不着门道。这里的一切都那么不一样：重力、身体机能，哪怕时间也不例外——一天只有 20 分钟！或许大海的尽头是一道巨大的瀑布，只有当我跨过世界边界后才能见到它！

"要冷静，"我心里想，"再做张新地图……"

但这是痴心妄想。地图只能在工作台上合成，而工作台必须放在坚实的地面上。一时间我脑子里乱成一锅粥。即使能够合成地图也没用，因为地图只能显示去过的地方，不能指引我往何处去。我连自己的目的地在哪儿都不知道！

又迷路了！

差点儿忘了，我还有指南针呢。可那个小小的金属圆盘还不如没有。这不是工具的问题，纯粹是心理上的障碍，因为我一看见指针就双眼发直，仿佛冥冥中听见它召唤我回家。

"来吧，"它仿佛在低声诱惑，"跟着我走，你再也不会彷徨，再也不用忧虑前方的危险。"

我拼命想把我的小岛、温暖的小屋和那张舒适的床从脑海里甩出去。

"只要跟着我，"它在我耳边喋喋不休，"我就能带你回那个安全的地方。不过一两天的事，快走！"

我很清楚必须把这个念头狠狠抛在脑后，因为一旦停下来，只会前功尽弃。最后一条道理促使我开启了这次冒险之旅，而第一条道理驱动我不断前进：

坚持前行，永不言弃。

可事与愿违。我的注意力被周遭环境吸引了。船桨上水花飞溅，我却眼神涣散。

有个东西倏地向我右边冲来，一道黑色影子夹着白色的小方块一闪而过。"原来是条鱿鱼，"我安慰自己道，"不是海怪。"

起码现在还没碰上。

扁平的世界，恐怖的海怪。

"跟我回家吧。"指南针依旧冷嘲热讽。

前方的月亮沉了下去，第一缕温暖的阳光落在我后背上。我极目远眺，没想到竟连一块陆地都没看见。

"什么都没有？"望着空旷的大海我不禁脱口而出，"没开玩笑吧？连个影子都看不到？"

没有一丝奇迹发生——哪怕让我看到一座露出水面的海底山也行，就像我曾居住的小岛那样。茫茫大海空无一物。海底的山脉离海面还远着呢，四周连块可以停下来歇口气的干燥礁石也没有。

"坚持前行，永不言弃！"我振臂高呼。

但是还能持续多久？深深的自我怀疑加上蛊惑我放弃的指南针，在它们的两面夹击下，我到底还能不能坚持下去？

要是我只往回走一点点呢？当然无须狼狈不堪地逃窜回家，就顺着来路瞧瞧而已，说不定昨晚漏掉了哪块陆地……

坚持前行。

直接回自己的小岛又有什么可丢脸的呢？休整几天，换个方向重新起航呗……

永不言弃。

还有三个方向可走，没错吧？想找到大陆还有三次机会可以尝试。这不是半途而废，只是重新开始，重新起航，重新……

一阵寒冷袭来。

周遭的一切如堕冰窟。

我仍然往前划着。虽然速度很慢，但好歹是向前的。每前进一寸，扑面而来的冰冷空气便更凶猛一分。

"呼呼！"我喘了口气，背脊一阵发凉。

我慢慢地停了下来，让冻僵的方脑袋缓一缓。

这是季节性变化吗？难道这个世界也有四季更替？

如果说这是秋天到来的先兆，那冷空气的方向也不对啊？

很明显，脸比后脖子冷，而我扁平脑袋两侧的温度一样。我正向西前行，也就是说，扑面而来的这股冷空气不是来自北边的。怎么可能呢？不是越往北气温越低吗？难道应该往南走？

这是我那个世界的规律，在这儿不适用。

我想起了岛上学到的另外一个道理：规则对你来说不正常，并不代表它真的不正常。

"就是西边。"我小声说道，又慢慢地往前挣扎了几寸，或者不如说是几格。再也不能疏忽大意了，必须确保我的感觉没有出错。

确实没出错。

越往西走，空气越冷。突然，我感觉脸上一暖，不由得停了下来。

已经结束了吗？难道是大自然的恶作剧，刚刚不过是一股冷空气？不，是阳光终于从前方照射了过来。重新上路后，我能明显感到阳光的余热在低温下消散殆尽。我划了一整天，中途只停下吃了个烤马铃薯作为午餐。起码这个世界里马铃薯一直是热乎的。我必须把现有的资源利用起来，一旦太阳下山，低温非把我冻僵不可。

我两排牙齿不住地打架，只希望这个世界能让我哈哈手，哪怕双手能搓一搓也行。一直以来，我的身体状况和着装都没出过什么问题，特制的盔甲很适合用来抵御怪物进攻。可是面对严寒，盔甲下的衣服像是画在我身上，纯粹就是做个样子，压根儿没法御寒。

寒风像刀子一样割着皮肤。我脑中只剩下唯一的念头：如果带件毛衣就好了。可我还没学会合成毛衣。

我看看能不能用手头的原料做出暖和的衣服来。包裹里有多余的羊毛和蛛丝。单独一种材料，或者把它们组合起来……

我停下来，绞尽脑汁地考虑怎么合成更厚实的衣物。

这个做法大错特错。我不仅没造出冬装，反而在身体静止下来后丢失了大量因运动而产生的热能。我本应察觉到，白天的时光才是最重要的，阳光带来的一丝温暖只能排在第二。

一片漆黑，伸手不见五指。我只能放慢速度，免得要找的东西一闪而过。

"千万别……老想着冷……"我浑身哆嗦着。无边的黑夜仿佛要把我身上最后一丝热气也夺走。

我手指刺痛，扁扁的耳朵已经冻麻了。因为肌肉一直紧绷着，所以下巴也很疼。

别老想着冷，集中精神，瞪大眼睛不放过一片……

陆地？

就在正前方，一团黑乎乎的东西遮住了最低的星星。

"是陆地！"

一座山坡，跟我的小岛一模一样。不对，有别的什么东西。随着一步步靠近，它的样子逐渐展现在我眼前，白茫茫一片。雪！一定是了！

"天哪！"我大喊一声，用尽浑身力气划桨，"总算到了！"

那里一定是山峰，绵延不绝一直到天边，不是纯白色的，中间还混杂着几排黑色方块。

难道是树？

先是看到一棵，然后是一些，稀稀拉拉地散落在平缓的白色沙滩上。

"错不了!"我呼呼地喘着粗气,"这些是树!这里是陆地!我成功了!我安全了!我——"

就是没注意鼻子跟前。我的目光集中在了山坡和树木上,却没留意到海水颜色的变化,没发现从岸边蔓延过来的,浮在海面上的那一大片厚厚的浅蓝色"硬壳"。

砰!

我撞上了什么很硬的东西,船裂成碎块。我掉进水里,沉落海底。

冰冷刺骨!

你知道那种滋味吧:一头扎进大海、湖泊,或者泳池,以为热乎乎的,等意识到不对劲的时候已经晚了,对吧?我就是这样,全身动弹不得。

我使劲儿将身子一扭,嘴里冒出一个大泡泡,"咕噜咕噜咕噜……"然后浮向水面。

紧接着脑袋就被重重地撞了一下!

浅蓝色的水面坚硬如铁。

是冰!

惊慌失措之下我开始拳打脚踢!方块上经过一次次击打后出现的裂缝马上又合拢了。

从哪儿能上去?

黑暗中我拼命摸索着,然而四处碰壁,如同网中之鱼,不知该向哪里游。我的肺灼痛滚烫,嘴里不断地冒出宝贵的气泡。

万万没想到，又溺水了。我胡乱地抓打着，百爪挠心。

头顶上星星眨着眼，我的脸紧贴冰面。

空气……没有了！

咔！肺里最后一口气消失时，一个声音突然响起。

痛苦、尖锐，又残忍。然后，疼痛带来了清醒。

恐惧使理智沉沦。

咔！只剩几秒钟了，必须好好利用，绝不能浪费。

原本系在腰间的铁镐，不知何时已经握在了手里。咔！

镐尖砰地凿在冰面上，裂开了一条缝。

咔！砰！

坚硬光滑的冰面炸开了。

"呼——"我发出动物一般粗重的喘气声。

在一刹那间我只是呆呆地站在原地，因为这个世界的铁律使我不能倒下。浑身的剧痛使我哆嗦个不停，晕头转向中眼前的一切都模糊不清。

超级复原——我从不认为这个能力是理所当然的——马上使我的肺功能正常了，缺氧的大脑也逐渐恢复清醒。疼痛慢慢退去，一阵强烈的饥饿感袭来。

谢天谢地，我包里的食物跟我一样立马就干透了！面包已经烤好，虽然留有微微的余温，但一点儿不热乎，无力驱散周遭的严寒。

形容人眼看就要冻僵了的词怎么说来着？失热？还是失……什么的？

我到这一步了吗？冻死是什么感觉？模模糊糊记得好像有这么一个说法：人在冻死前会感觉浑身暖洋洋的。

也就是说我现在没到濒死阶段，应该是这样。我一边啃面包，一边哆嗦得像筛糠。既然我还不觉得热，估计就没到要一命呜呼的地步。

要是生病了怎么办？

人一受凉，就会感冒！到了冬天很多人都会病一场。想想看，孩子们外出玩雪前，哪个父母不是把嗓门吼破了也要让他们穿暖和点儿呢？我会得什么病？这个世界能有什么病呢？

我的小岛上虽说资源匮乏，可我对这片新大陆也一无所知呀！真实世界里不是早就有先例吗，探险家们远涉重洋本想发现新大陆，结果却染上了不知名的恶疾。还有一些探险家身上携带的传染病，把整个种族和文明都灭绝了。这种灾难会不会降临到我身上？如果这片新大陆瘟疫横行，我挨冻受饿的孱弱身体能不能抵挡住病毒的侵袭？要是被蜘蛛或者女巫毒死了怎么办？譬如有一次我吃了生鸡肉，差点儿没把胆汁都吐出来——

"不要胡思乱想，"我坚定地对自己说道，一股脑儿吞下最后一点超级复原能力的燃料，"要镇定。"

我做了几下深呼吸，努力让自己放松，别再心神不宁。

"恐惧使理智沉……沉……沉沦。"我一边喃喃自语个不停，一边活动手脚与身体，促使血液循环加快，这确实起了一点点儿作用。活动产生的热量传导至下肢，我的脚指头感觉到针扎一般的刺痛。"这就对了，"我说道，继续冷静地深呼吸，"多动动就好了。"我原地跳了几下，快速跑了一小圈，这下连鼻尖都有知觉了。

"冷静，冷静。"我缓缓地吐气，混乱思维产生的恐慌情绪逐步缓解，身体与大脑也逐渐放松。

冷静下来后，头脑渐渐清晰，接下来要做的事很快就明确了。我称之为"六步法"：计划，准备，优先考虑，实践，耐心，以及坚持。

优先考虑。首先我必须要有一座庇护所！一是为了取暖，二是如果这里跟我的小岛一样，那么夜晚来临时可以用来躲避——

"咕噜。"

远处传来熟悉的声音。

救命啊！

第二章

　　我对这种跟呛水一样沙哑的嘶吼声可太熟悉了。我向左猛一个转身，往沙滩的方向远眺。皑皑白雪的映衬下，有个黑色的身影蹒跚着爬上了冰面。

　　"咕噜。"

　　"不用这么费心搞欢迎仪式。"我哼了一声，伸手抽出宝剑和盾牌。

　　"咕噜。"那家伙高举双臂，一张死气沉沉的脸。

　　希望这里的僵尸别比小岛上的难对付。

　　确实不堪一击。起码眼前这个不是我的对手。钻石剑闪出一道令人胆战心惊的寒光，在封冻的冰面上倏地滑过。

　　"尽管放马过来。"我向前猛冲，又挥出第二剑。

　　不是我吹牛，这场面简直就是……嗯，好吧，其实我也没多大本事。如果你读过我第一本书《我的世界：海岛》，就知道这群行尸走肉对我来说已经是小菜一碟，这些冻死鬼们连我一根汗毛都碰不着。好一顿狂劈乱砍。刺出最后一剑后，我松了口气，脚下到处是一堆一堆的腐肉。

突然间，我心里闪过一个念头，俯下身捡起腐肉碎块。这段时间我一直饥肠辘辘，眼前的腐肉多多少少可以果腹。

"就这些？"我面对白雪皑皑的高山呐喊着，"您挺慷慨啊！"

嗖！

一支箭正中我的后心窝，巨大的冲击一下子使我向前扑倒在积雪的海滩上。

咔嗒，咔嗒，咔嗒。

我刚一转身，就又中了一箭。这次箭射在了我的钻石头盔前额。放冷箭的是一具骷髅，它正打算放出下一箭，我赶紧举起盾牌挡在身前。

"不足挂齿。"我心里暗想，同时估摸着能用钻石剑攻击到目标之前还要躲过几箭。

只听"嗖"的一声又飞来一箭，这次扎进了我的右肩。

第二具骷髅——不对，又多了两具骷髅——它们离海滩不远。

不好！

"咕噜噜……"

嗖！嗖！嗖！

咔嗒，咔嗒，咔嗒。

我慌乱地扭头环顾四周，这才发现大事不妙。

一大群怪物慢慢围拢过来：僵尸、骷髅，还有那些丑陋吓人的蜘蛛，它们血红的眼睛在黑夜中闪闪发光。

我怎么能如此粗心大意、盲目自信？！怪物们在暗夜的掩护下海量生成，我从没碰上这么多的对手！

我怎么这么快就忘了？！

过度自信跟毫无自信一样，都会招致危险。

咔嗒。

嗖！

"咕噜。"

快跑！

两个正在逼近的僵尸中间有个越来越窄的空隙，那是逃命的唯一出路。

我往内陆的方向，朝崇山峻岭冲去。

"呼！"一支箭擦着我的耳朵飞了过去。

走"之"字形！正当我吓得脑子乱成一锅粥时，一个声音在耳边响起。闪避、回转、变向、左右横跳——之前救过我无数次的技巧，现在再一次派上了用场。

"咕噜！"一只腐烂的手颤颤巍巍地向我伸过来。躲开！这个紧急关头我没空还手，赶紧跑、跑、跑！

我朝着前方最矮的那座山狂奔而去，它的山坡很缓，说不定能碰上一个山洞，哪怕钻进一个窟窿，然后把洞口封住也能藏身。

我拼命往上爬！脚下是掉落的泥土和岩石。

我的世界：山

"嗖！"一支箭飞过来，深深扎进我脑袋旁边的石头里。

边躲避边攀爬的难度越来越大了。一只僵尸的爪子差点儿够着我的脚。

再爬高点！就要到了。

一只蜘蛛嘶嘶地咆哮着，在我身后紧咬不放。

到山顶了！

我爬到了最高处，四下里打量着眼前的景象……然后终于明白了什么叫大失所望。

话说很久以前，在那座奇形怪状的小岛上，我当时第一次爬上低矮的山丘，满以为能瞧见一大片陆地，心里暗暗祈祷着，希望我正好站在大陆的一角，而不是汪洋大海里的一颗尘埃上。现在可好，那时候的愿望成真了。

冰原无边无际。一眼望不到头的白色荒地上，偶尔有几棵稀稀拉拉的树木和几块裸露的岩石，还有游荡在荒原上，变换着形状的"鬼影"——应该是怪物没跑了！

地方很大，危险很多。我该怎么办，何去何从呢……

前面有灯光！

遥远的那一头，灯光明亮又清晰，不是星光，因为它是红橙两色的，难道光线是从房子里射出来的？

慢着，这里还有其他人？

"咕噜！"

形势危急别无选择，我沿着西边斜坡一溜烟儿跑下去，一边尽力留神脚下别被绊倒了。即使有超级复原能力，现在也千万不能扭伤脚脖子。来不及吃东西了，因为眼瞅着怪物们从四面八方聚集起来向我逼近：行动敏捷的蜘蛛、步伐迟缓的僵尸，还有没事就嗖嗖射箭的骷髅。此外……

"嘶嘶。"直到现在我才看到一只。其实我早该预料到了……

眼角余光处闪过一道刺眼的灼亮——是个正要爆炸的苦力怕。我条件反射般跳了起来，恰好在半空中被炸了个正着。

我像一枚被抛出去的炮弹，掉下来重重地砸进一条浅沟里。

我的脚脖子剧痛，耳朵嗡嗡响，右半边脸就像是被火炉烤着一样疼痛。

别停下，朝着灯光跑！

可灯光哪儿去了？我从山顶上掉了下来，现在看不见一点儿光亮。"赶紧动动脑子！"我心里狂喊着，"别慌！"

我在原地缓缓转了一圈，想找到那座山。它就在身后，也就是说灯光应该在正前方。

我站起来一瘸一拐地往前走，后来变成晃晃悠悠地一路小跑。

又看见灯光了！而且越来越近！每走一步都越来越亮。

一支箭擦着我的脸嗖地飞了过去。孤零零的树旁边又出现了具骷髅。

埋头继续跑！

我一边躲避雨点般的箭镞，一边还要留神苦力怕。

17

到处都是敌人，连脚下都是！没错，就是脚下。地面崎岖起伏，遍地是沟渠、山岗，现在还多了一条河，就在我的正前方，静静地流淌在峡谷谷底。

"嗖！"我后背挨了一箭，扑倒在冰面上。

痛饿交加，超级复原能力已经消失了。我挣扎着站起身，打算继续往前跑，却猛地一个急刹车站住了，眼前的雪堆动了起来。

这只动物身形庞大、浑身雪白，步履蹒跚地慢慢挪动着。一开始我还以为可能是……一只什么北极牛。

不对，牛没这么大，再加上小小的耳朵，黑黑的鼻子，还有跟狗一样长长的嘴……

北极熊！绝对没错。我在岛上发现的那本野生动物书里读过关于它的内容吗？记不清了。可能没有。我觉得这辈子肯定碰不上，所以把这部分内容跳过去了。

不要做任何假设！

即使现在手头有这本书我也来不及读了，还是让它待在荒岛上，等其他流落到那里度过余生的人看吧。要是这头食肉动物和我原先世界里的北极熊一样凶猛，那可就……

那头熊的小黑眼珠滴溜溜地转了转，然后目不转睛地看着我。于是我把手里的剑换成了弓。

假如运气够好一击即中，或者两箭都能正中目标的话……

从身后抽出箭矢的时候，我俩的眼神刚好对上了。

这是哺乳动物的眼睛，跟我小岛上那些动物朋友——牛啦、绵羊啦——的眼神一模一样，温顺又通人性。

与你长得不像并不意味着你们不是朋友。

我拉满弓弦。

熊纹丝不动。

"这样吧，"我喘着粗气，"我不想杀你，我真的不想杀生……你可别再往前走了……"

唰！

突然，一支箭划过冰冷的夜空正中熊身，箭支尾羽完全没入了它浓密的皮毛里。

不是我射的！我已经放下弓了。这一箭是身后骷髅干的好事，它尾随我而来的。

"嗷呜！"白色巨兽眼里闪着血红的光，以迅雷不及掩耳之势向我扑来。

"哇哇哇！"我叫喊着，把手里的弓扔到一边，"不是我射的！真不是我……"

电光石火之间北极熊已经擦身而过，它身上又中了一箭。熊用两条后腿立起来，轰隆一下砸在那具活该倒霉的骷髅身上。

"天哪！"我咕哝着，北极食肉动物的强大力量瞬间把偷袭者压成粉末，看得我无比后怕。

那个倒霉蛋本有可能是我……

骷髅们四散奔逃，那头熊向着我的方向摇摇摆摆地冲过来。

"别别别，"我说着捡起弓，"咱俩相安无事，对不对？你刚刚不是已经自卫反击了吗？你的样子不像是暴力狂，也不像那些可怕的末影人会因眼神而取对方性命。我敢打包票，咱俩一定能和平相处。我说……"

我急忙在包里摸索有没有食物，不知道熊吃不吃粮食和蔬菜。

"你饿不饿？"我问道，"给你点儿吃的东西怎么样？"说着我把手里的弓又换成了胡萝卜，"对不起，没有鱼和肉，你看这个……"我往前迈了一步，拿着用来示好的东西，"这个行吗？"

"也许我们能当上朋友，"我心里暗想，"就像小岛上的哞哞似的。一人一熊，那该多威风呀！有你这个身强力壮的大家伙跟随左右，一路上看谁还敢欺负我们……"

嗖！嗖！

两支箭插进我和熊之间的冰面上。

"这个咱们以后再聊，"我一边狂奔一边回头冲北极熊喊道。又有两具骷髅咔嗒咔嗒地从沟口掉了下来。跑到另一边后，我看见一只蜘蛛、三个僵尸、三个默不作声的苦力怕正前后脚赶来。

不能指望再来一头熊搭救我。那些箭支肯定是为我一个人准备的。我别无他法，只能撒丫子逃跑，向着灯光狂奔，多希望亮光所在之处有我的大救星啊！

一般来说，怪物们追一会儿没有结果就放弃了。要是我一直跑，僵尸根本追不上。

一支箭嗖地掠过脸颊，我扭头一看。

又是一具骷髅，就在我左边。

然而看着不像骷髅呀？

它穿着衣服，更准确地说，是这家伙瘦骨嶙峋的身上挂着几缕灰色布片。跟北极熊一样，眼前的陌生物种让人出乎意料。

突然，我左脚跟挨了一箭。

"啊——"

我号叫起来，口齿不清、浑身僵直。当时在岛上，有个女巫泼了我一身迟缓药水，这支箭好像有相同的效果。

"嗷呜——"我大着舌头，吃力地想躲过雨点般扎进屁股和胳膊的箭支。

我深一脚浅一脚地艰难跋涉着。

耳边能听见僵尸走来的动静，在穿着破衣服的骷髅掩护下，离我越来越近。难道它们说好了一起上？还是我今天特别倒霉呢？

又有一支箭慢悠悠地擦肩而过，一头栽进雪里，尾羽上冒出灰色的泡泡。

我盯着越来越大的亮光，继续闪避，继续奔跑！

近了近了！像一堵顶天立地的橙色高墙，比任何山峰都高耸！

难道是火把垒起来的？我心里想。也许是一座城堡？在

我的世界：山

这个战火四起的世界是极有可能的！城堡里的人跟我一样，全副武装披盔戴甲，面对冰冷黑暗的大陆，随时保卫自己，抵御周遭的危险。

绝对是这样！我心中冉冉升起了希望，眼看就要……

熔岩！

走近一看，我才发现这堵发光的高墙竟然是一条熔岩河。

我冒着被射死、被打死的危险，历尽艰难跑到这儿，难道就是为了看一眼这个世界的凶猛火山？！

身后是越来越近的怪物群。

"唉、唉、唉！"我连连叹气，"这次真是死路一条了……"

我的身子蓦地往下一坠，穿过积雪，直挺挺地掉进一个被白雪覆盖的黑山洞里，洞底是个半封冻的池塘。

"哎呀！"我嘟囔了一句，四周根本爬不上去。眼前一片漆黑，伸手不见五指。我在腰带上摸索着找到支火把，正要插到墙头，这时头顶传来怪物的嚎叫声和嘶嘶声。

挖洞！

完全是无意识的念头，纯粹是本能反应。

我曾经有多少次是靠挖洞救了自己的小命呢？在岛上生平头一遭跟僵尸搏斗，以及最后一次在废矿井里被逼到墙角，差点儿一命呜呼。

挖、挖、挖！

我用锹在坚硬的冻土层里狠狠地挖着。

一直向下！造出台阶，斜着越挖越深。

把那些家伙堵在身后，我安全了！

我把一支火把放在最高的一级台阶上，然后转身回到土墙根儿。

"还不错，"我给自己打气，急促的呼吸缓和了下来，头脑也渐渐清晰，"老本行了，轻车熟路，对吧？回到海滩上，挖个庇护所，一直睡到太阳晒屁股，万事大吉。"

我吃了点儿胡萝卜和面包，感觉体力又恢复了，于是着手开始挖一个三格乘三格那么大的房间，刚好够一个人站立。

"完工。"我放下一张铺好的床，"天一亮，等怪物们被太阳烤死，我就可以好好在周围逛逛了。"

我打了个长长的哈欠，身上盖着薄薄的红色床单。"现在最关键的就是合上眼睛，让身心美美地休息一下。"我的上下眼皮止不住地打架，"终于能好好睡一觉了。"

然而事与愿违。

"咕噜。"僵尸的呻吟声透过泥土传到耳朵里，刚好在头顶上方，离我不过几格远的位置。听外面的动静，怪物越来越多。不知道它们是专门循着我的踪迹而来的呢，还是刚刚生成的？此起彼伏的咔嗒声和嘶嘶声，听上去简直是个会要我命的大派对。当然啦，沉默不语的肯定是那些苦力怕炸弹。

我百思不得其解：要是苦力怕看不见目标会自己爆炸吗？骷髅都有五花八门的种类，难保苦力怕也是千奇百怪的。

"嘶嘶。"蜘蛛的声音吓得我蹦起三丈高，想象着那些

23

血红的眼睛穿过泥土死死地盯着我。

冷静冷静。想个办法！

要是它们能干掉我，早就动手了。

呻吟声和嘶嘶声越来越多。

我知道它们拿我没办法，所以我一遍遍地冲着泥土天花板大声叫嚷："来呀，来杀我呀！"

"咕噜。"一个僵尸呻吟着，好像在说："就算够不着，我们也能吵得你一晚上睡不好。"

"你们休想！"我大吼一声，从床上蹦起来，把它塞回包里，然后又用锹在地上挖了起来。

"我会继续挖深！"我朝头顶的怪物们喊了一嗓子，"一直挖到你们再也打扰不了我的地方，那就更安全了！"

我明白这些话都是我心里说的，实际上是我太紧张以至于都要疯了。解决方法很简单，一直往下挖就是了。何苦整夜被噪声骚扰得心惊胆战呢？

泥土逐渐消失，石头越来越多。"太棒了！"我絮絮叨叨地说道，接着把锹换成了镐，"连苦力怕也炸不穿这么厚的岩石吧。"

没一会儿，我就挖了个宽阔的地堡，用圆石封死身后的入口，将火把插在墙头，重新把床放在平整坚实的地面上。我一个翻身跳上床，打算美美地睡上一觉。热量不再流失，温暖又安全，最后再来个烤马铃薯补充体力。现在不论是身体上还是精神上，我都十分满足。

我蜷缩在毯子下，心里想："成功了！踏足新大陆，从怪物手里脱身，现在万事俱备，可以继续前进了。"

　　又是一个大大的哈欠，我慢慢闭上眼睛。

　　明天会是美好的一天，说不定还能踏上回家的路……

第三章

好冷！

又怎么了？

比第一次到这儿来时还要冷。

我醒来了，浑身发抖，是一种刺入骨髓的冷。

"呼，"我呼了口气，跳到了冰冷的地面上，浑身肌肉僵直，四肢痉挛，"咔咔咔。"什么话都说不出来，只有上下牙不住地打战。

当然，我早就应该想到这一点：静静地躺了一整夜，四周全是吸热的石头，所以身体里的热量持续不了多久！唯一的解决方法是放个熔炉，把煤炭和挖这所地下冰窖多出来的圆石一股脑儿扔进熔炉里。

"干脆这样，"我心里想，"把床和冷飕飕的火把收起来，放一块木板，用打火石点燃，蹿起的火苗足够暖和冻僵的手和脸了。"

然而，我心里很清楚，不能躲在地底下没日没夜地白白烧掉我的物资！要知道这个世界的白天很短，不能在洞里浪费宝贵的每一分钟。

"该……该……出去了，"我结结巴巴的口气像个过气的卡通角色，"起……码晒……晒太阳能暖和些……"

我踹开圆石"门"，上到我的土坯房间，带着留在房间里的火把——它是用来在海滩上驱赶怪物的。正要打破土墙的时候，外边传来"咔嗒咔嗒"的声音，是骷髅。我愣住了。

"啊，老天！"我对着冻土喊道，"可别现在来呀！以为我不知道你想干吗？鬼鬼祟祟地躲在没太阳的洞口，就等着我傻乎乎地撞到你的箭头上吧。"

"咔嗒咔嗒。"外面的动静仿佛回答我，"那又怎么样？"

"嗯，你休想，"我回敬道，手里的锹转向另外一面墙，"我要从相反的方向朝上挖，一出去就能碰上明亮温暖的阳光，那就安全了。"

我挖了一条通向明媚阳光的阶梯，仿佛感受到阳光洒在脸上，驱散了严寒，全身沐浴在火辣热情的……

"阳光啊！"冲破泥土屋顶后，四个迷你方块组成的菱形块缓缓地落在我脸上，原来是一片雪花。外面大雪纷飞。

"不会吧！"我哀号着，四周是暴风雪肆虐的陌生世界。

这就是阳光的温暖？每一片雪花都像冰冷的钢针扎进我的皮肤。这是来自大自然的酷刑！"我到底哪儿对不起你了？"

咔嗒，咔嗒，咔嗒。

是骷髅，它仿佛在嘲笑我，声音来自……咦，那个洞哪儿去了？

依稀记得方位。我扭头一看，地面上平平整整没有一丝痕迹。昨晚肯定有个洞口，要不然我怎么能掉进去呢？

这场大雪没干什么好事。铺天盖地的雪花像帘子一样模糊了我的视线，刺痛了我的眼睛。按理说，我应该拔腿就跑继续赶路，别再搭理那个洞口。我真应该记着"好奇心不能太强"的道理。

我想我已经够谨慎小心了，目光锁定地面，耳朵随时捕捉四面八方传来的咔嗒声。我信心满满，要是眼前有个洞口，绝对能立刻发现。

唰！

又陷进雪里了！

我一头栽进洞里，落到冰封的池塘中。

"嗖！"胸口正中一箭。一具灰色骷髅咧着那空洞洞的嘴笑着逼近过来。

我举起盾牌一挡，它第二箭射偏了。紧接着我还了一剑，那具骷髅刚碰到钻石剑的刃边就碎了一地。有可能是早晨的阳光削弱了它的力量，我还没来得及再补上一剑，骷髅就变成一缕烟消失了。

"去他的……"我啐了一口，抬头一望，发现看上去很结实的白色天花板其实很薄，最多不超过一方块厚。难道是流沙构成的……还是浮雪堆砌而成的？为什么我从上头掉下

28

来，连个痕迹都没有？我试着摸了摸天花板——实话告诉你吧，就是砸了一拳——你猜怎么着，整个屋顶即刻崩塌了。

"新大陆，新……新……新道理。"一枚冰块砸在我后脊梁上。周围"热火朝天"一片狼藉，我差点儿忘了自己是站在齐腰深的冰水中。

赶紧动起来，才能暖和点儿。

挖出一条直通地面的阶梯后，我小心翼翼地把脑袋伸了出去。虽然是一大早，但头顶灰蒙蒙的天空根本不见太阳，谁知道会不会有个怪物正在等我自投罗网。

必须把周遭的环境仔仔细细观察个遍，不放过任何一个会动的东西。昨晚那只北极熊蹒跚而过的痕迹已经完全消失了，似乎那场战斗根本没发生过。有个东西看起来有点儿像苦力怕，但离得太远，我都快把眼珠子瞪出来了还是看不清。

飘飘扬扬的雪花中，还有一些若隐若现、跳来跳去的小黑点。

模模糊糊地能看到一些轮廓，却分辨不出是什么东西。我简直没法形容心里那个害怕劲儿。以前的岛很小，每样东西都近在眼前，连脚下的熔岩谷和地底的废矿井都是如此，最远的距离也不过几十格。

眼下身处这个幅员辽阔之地，我又有了在海上迷失方向的感觉，还有各种各样奇形怪状的生物和未知的危险。

加上我唯一的战友太阳，在这最危急的关头却掉链子了。

"要不要回地堡去呢？"我琢磨着，"点一堆篝火，边

我的世界：山

吃早餐边等暴风雪停息，哪怕再多待一天？"

　　我反复掂量着回地堡的好处。正当这时，我饱经沧桑的双眼突然瞧见了一座火山。它喷着红色的烈焰，光芒耀眼。赶过去只要几分钟就够了。

　　迫切地想暖和暖和——这是我心里唯一的念头。这家伙比熔炉还热乎得多。而且一旦暴风雪停歇，山顶上的视野就更开阔了。

　　我的一腔热血被兜头盖脸浇了一盆冷水。

　　鼻尖冻坏了；耳朵和手指也被严寒灼伤；两排牙齿咔咔地不住打架，真怕它们碰碎了；脸颊麻木完全失去了知觉，像是两片贴在脑袋上的厚垫子；脚指头也不像是自己的，不论我怎么使劲跺脚都一样。

　　"身体器官是不是坏死了？"我越想越害怕，"这是在室外冻了太久的下场吗？这种情况怎么称呼来着？"

　　冻伤，在严寒的冲击下就是这个下场。"超级复原能力可以修复冻伤吗？"我瞪着一双血丝密布、暗淡无神的眼睛，身心饱受煎熬。

　　有个什么东西一闪而过。体形不大，行动迅猛。是蠹虫吗？那些专门啃人脚指头的小家伙的地表变种？

　　又来了一只，从一座小山丘后面蹦出来，就在正前方。剑已在手，奋勇冲锋！

　　蓦地，我和一只黑白相间的兔子撞了个正着，大眼瞪小眼。

　　"呼！"我长吁一口气，然后带着一丝尴尬开口道，"对

30

不起，吓着你了。我有点儿神经过敏。"

兔子懒得搭理我，自顾自地在雪地里蹦来跳去。

"我说，你饿不饿？"腰间还有个胡萝卜，我摘了下来。

但它在一片白茫茫的大地上一蹦一跳地跑远了，压根儿没看见。

"瞧，你瞧啊！"我一边喊一边追了过去。

是浮雪！

我的脚步慢了下来，生怕又掉进雪下的陷阱里。"那个蹦来跳去的家伙，"我又大声嚷嚷起来，晃着手里的胡萝卜，"瞧我给你带了什么！"

那只啮齿动物还是不理我，倏地消失在茫茫大雪中。

"连着两次了，"我闷闷不乐地想，"第一次是熊，这次是兔子。还没交到动物朋友，真不走运！"

至少我离火山更近了。随着一步步向前，我能感觉到扑面而来的诱人热气。

冻伤的皮肤像针扎一般刺痛，那是恢复血液循环的证明，我不由得松了口气。在距离火山还有大约十格远的地方，我停下了脚步，贪婪地吸收着热量。脸和胳膊慢慢有了知觉。化冻几分钟后，我才感觉到脚上的十个小冰柱原来是自己的脚指头。

"啊……"我又长长地出了口气，转过身让后背也暖和一下。全身在热量的作用下打通了任督二脉，四肢百骸舒畅无比。不到几分钟我便起死回生了，回暖的体温让我几乎精神一振。

我说"几乎"，是因为回头面对熔岩引发了我潮水般的恐怖回忆。立即在脑海闪现出来的是我的第一栋房子，以及醒来后我是如何在客厅撞上苦力怕，听到爆炸巨响，目睹熔岩从楼上自己亲手造的热水浴缸中溢出来，落在小山丘上。

"行了。"我嚷嚷了一声，拼命想甩开那些记忆，接着小心翼翼地绕过冒着泡泡的炽热熔岩池，"集中精神。"

功夫不负苦心人，我发现了一条最安全、最容易爬的山坡。我绕着熔岩池寻找洞穴和上去的路。阴暗的藏身之处说不定已经有怪物捷足先登了，这是最令人忧心忡忡的。掉进雪里，可谓打草惊蛇。可我也没长着透视眼，更没办法预知哪个地方藏着怪物。

令人哭笑不得的是，我发现往上去的唯一通道就在最初的起点，紧挨着那条要人命的河流，那儿的山坡上有一条天然形成的阶梯。

"小心，"我告诫自己，"慢慢来……"

我全神贯注、瞪大双眼紧盯前方的每一步。这个山坡光秃秃的，看不到一棵树或一株青草，只有一朵红花在离熔岩河两格远的地方独自开放。"你比我胆子大多了。"我跟那朵小小的虞美人说道。忽然间我发现有点儿不对劲，我好像曾经看到过其他的花朵，它们都是一丛一丛开放的。我回头瞄了一眼，但除了茫茫白雪，什么植物都没有。

我还注意到这座火山有个奇特之处：熔岩从侧面喷涌而

出。再往上爬了大约三分之一的路程，就在那朵孤零零的虞美人旁边，我发现了熔岩流的源头，就在乱石中，有一格那么大。我还以为源头在山顶呢。其实我也不清楚，反正鄙人不是地质学家或者火山学家。以我的认知，这种"侧流"在两个世界里都是再正常不过了，我之所以就这个问题啰啰唆唆写了一大段，是因为后面有用。

就跟气味一样。

一开始我压根儿没留意到，只是有微微的气味。可随着我越爬越高，我开始嗅出了一些……奇怪的味道。我用力闻了闻，但又冷又干的空气把鼻腔扎得生疼。我敢肯定那不是熔岩的味道。气味从远处若有若无地飘来，闻起来就像……

请注意，友情提醒：如果你对文字比较敏感，请跳过这一段。说实在的，这个味道，这股扑面而来的浓烈臭味，只能用那个脏字来形容。

没错，就是这样。明白了吧？有时候真相不堪入耳，但事实摆在那儿，我确实闻到了这个味道。"火山也放屁吗？"我自言自语道，然而回应我的咔嚓声差点儿没让我仰面朝天往后一栽。

咔嚓。

什么声音？

我猛地刹住脚，回头抄起剑，差点儿又从山坡上滚下去。第一个念头就是骷髅，但经验告诉我哪里不对劲。这不是骨头发出的咔嗒咔嗒的声音，而是急速尖锐的咔嚓声。

我的世界：山

接着声响停止了，难闻的气味也随之消失了。风向变了吗？不对，这个世界没有这种事。难道我把它们甩在身后了吗？有可能，我暗自揣度。但声音和气味是从哪儿发出的呢？

难道是石头缝里？我知道两个斜向排列的方块边缘会有很窄的缝。

我在岛上时曾观察到一个现象：雨点能穿过倾斜的屋顶滴落下来。说不定这儿也一样，两块石头之间有条不易觉察的缝隙，令人作呕的气味就来源于此。

这真是个谜啊，跟我几格外发现的那个洞口一样令人费解。

那个洞口只有一格宽，像火山口似的斜刺里伸出来。我往洞里张望了一下，里面漆黑一片。要是插上火把说不定就能看清了，或者用镐子把洞口凿大一些也行。

"千万别分心，"我提醒自己，"你明明知道这就是个随时可能喷发的火山口罢了，况且……"

我抬头看了看诱人的峰顶。

马上就要到了！

紧张的几分钟度日如年，最终我站上了山顶，幸运女神第一次眷顾了我。暴雪已经停歇，太阳射出万丈光芒。这还是我头一回清清楚楚地眺望周围的景物。

"感激不尽。"我默默赞美太阳，合上双眼感受久违的温暖，"真是一座幸运之山。"我舒了口气，睁开眼睛欣赏美景。现在面向东方，正对冉冉升起的朝阳，从这个高度望去，通往岸边的道路尽收眼底。绵延的小山丘几乎把大海挡了个严严实实，就是那片厚重苍茫的白色冰层撞沉了我的小船。

那里是浮雪覆盖的地洞，我掉进去过。曾经蹚过的冰封河面泛着紫光。没错，那头北极熊朋友还在岸边浑浑噩噩地游荡。

我将四面八方仔仔细细观察了一圈后，荒凉的西部美景深深打动了我的心。高山与峡谷，冰封的水塘和稀稀拉拉长着黑色针叶的树木。不少红花开放着，甚至还有黄花，打破了茫茫雪原的单调。

"这地方还行，"我想，"倒不是说想住这儿……"刚把四周的景色瞧了一遍，我就发现西边天际倏地掠过一个黑影，但太远了，要不是天色放晴还真的可能错过。还有一条蜿蜒的冰封河流，旁边是……

一座森林！没错，千真万确，一座真正的森林。它幅员辽阔、绵延不绝，根本看不到头。

"动身吧，"我舒了口气，然后兴奋地又喊了一声，"走起！"

我小心翼翼地往下走，尽量放慢脚步。"小心！"我絮絮叨叨地说道，抑制住纵身一跃的冲动，"小心……"

咔嚓！

那种恐怖的声音又来了！

咔嚓！

就在我身后，又传来响声！

我的世界：山

我猛一转身，可什么都没看见。我扫了一眼下来的山坡，空无一人；瞧了瞧左右两边，杳无人迹。除了石头、土堆与间或出现的一排排沙砾外，别无他物。

我举剑一晃，站定身形严阵以待。

嘎吱。

又是只兔子，眼睛粉红，皮毛雪白。"啊！原来是你，咔嚓咔嚓的声音是你发出来的，而且……"我扬扬得意地笑了，"上次发现的地洞是你的窝吧。"一切都真相大白，我渐渐对这块新大陆有了初步认识，这种感觉很妙。

自以为是。

"对了，瞧这个，"我边说着边拿出一根诱人的胡萝卜，"你肯定喜欢，对吧？"

这次可不能搞砸了，一定要笼络住面前的家伙。"嗯，这就对了。"我在那张警惕的小脸蛋前晃了晃手里的食物，"交个朋友吧，好吗？"边说边慢慢靠近。对方紧盯着我的一举一动。

"好啦，来嘛。"我说道，脑海里已经忍不住憧憬起我们即将到来、永世长存的伟大友谊，"我给你起个名字——别跑！"

话音还没落，那个蹦蹦跳跳、叽叽喳喳的小家伙嗖地跑过我身边，冲向悬崖掉了下去，落进弥漫的烟雾中一命呜呼了。

"什么！"我气喘吁吁地奔向那团飘起的皮毛肉块，"你脑子进糨糊了吗？真没见过这么蠢的兔子！"兔子碎片飘飘忽忽地飞进背包。"什么世道？！"脑子里猛地想起来，我那些岛上的动物朋友全都傻乎乎地从房子里冲向熔岩，那只鸡活活把自己烤成了焦炭。

回忆往事让我更加心如刀割。这个世界光怪陆离无法理解，即使告诉自己这是一场意外也安慰不了我。眼睁睁地看着无辜的生命逝去，真让人伤心。

此时我还不知道，眼前小生命的枉死根本算不了什么，森林里的大野兽才是我真正的死穴。

第四章

离得越近，森林的气味就越强烈。辽阔荒凉的冰原空气刺鼻，但在这里闻着舒服多了。

连从背后吹来的微风也有一股清新的树皮气味，还有一股……松叶的气味？这些微弱的气息让我想起了属于另一个世界的清洁用品，还有那些节假日和大日子。我记不清有没有在家欢度过那些节日，但大多数人都不会错过。前方树木的气味渐渐散去，遥远的回忆也随之消失了。

森林一望无际，神秘莫测又充满诱惑。我脚下生风，跳过一大片当时我以为是大雪堆的地方，接着渡过第二条冰河，钻进了森林深处。

走近后一看，我才发现其实是松树的一个品种——云杉，以前在一本书上读到过。有些云杉矮矮胖胖，有些一人多高。棕色树干，宽宽的绿色松针，颜色很深、很浓。云杉煞费苦心地保住自己深深的颜色，跟我想保住自己的体温是一个道理。

云杉密密麻麻，遮天蔽日！在岛上，我必须砍掉一棵再重新栽一棵，如此重复，才能盖起我的第一座小木屋。眼下我能随手砍掉十几棵甚至百来棵树去盖房子，也不会有任何问题！

这里不单单有树。

一开始我以为满地都有的植物是小树苗，可伸手一拔才发现是这个世界的小草。它们矮矮的呈三角形，有些爆开后消失了，还有一些结出了似曾相识的种子。要是它们能长成小麦该多好，也可能是什么新品种的植物？我把一些种子装进口袋，接着想从较高的蕨类植物上弄点什么，但一无所获。没关系，反正我也用不上。食物是次要的，主要目标是想寻求真相。

头一个必须弄明白的就是树丛黑暗处会不会藏着苦力怕。我岛上的小白桦林里就藏着活炸弹——它们差点儿要了我的命。谁知道眼前这么大一片森林里有多少呢？况且我的眼神不好，只能看清鼻尖前头几格而已，所以神经高度紧张。穿行在茂密的树丛、高草、蕨类植物中，深一脚浅一脚的，我必须随时保持警惕。

时时刻刻，保持警惕。

我把全身感官都调动起来，紧握盾牌慢慢蹚过一片片四四方方的矮树丛。我明白，就算没碰上苦力怕，也可能会在下一道山坡上跟一头受惊的北极熊撞个满怀，要么是一头看我不顺眼的棕熊，更别提灌木丛里可能藏着什么令人毛骨悚然的其他动物了。

我太英明了。

"汪！"

我吓得一跃三丈高，不敢相信自己的耳朵。

"汪汪！"从下一道坡又传来一声。是条狗吗？

"不可能。"我想，撒丫子猛冲，心脏扑通扑通地狂跳着。

一条狗！

必须是条狗！新朋友来了！勇敢、可靠，永远忠心耿耿！不论哪个世界，还有比这个更好的朋友吗？对不起，你要是猫奴就当我没说。可我还是愿意当狗主子——起码前半辈子就这样了。我激动地冲上山，却对眼前的景象有点儿失望。这个动物勉强算得上狗，但不是那种你想和它依偎在沙发上的狗。

它身上有灰色的斑点，褐色的尖鼻子，直立的耳朵上带着黑条纹，尾巴硬邦邦，根本摆都不摆。

绝对是一匹狼，我在野生动物书上读过。但一想那头北极熊就知道，没必要拘泥于书本知识，现实才是最好的老师。

"哎，你好啊，乖宝儿，"我开口说道，往前小心翼翼地迈了一步，"初次见面——"

它朝我扑来，我本能地往后倒退一步。但它并没有攻击我，而是抬头仰望着眼前这个人，吠了一声，转身跑了。"别跑！"我在后头大呼小叫，紧追不舍，"等等……坐下！待着别动！"在这个冰天雪地、荒诞不经的大陆，我第三次伸进口袋掏出食物。

"伙计，你饿吗？"我问道，死兔子残骸在它鼻尖前晃来晃去，"这个你绝对喜欢。"

就是拿块石头也比这个管用。

"要不换成其他东西试试，"我心里思忖，"其他吃的或者……棍子！"

我从包里掏出一块原木，合成四块木板，然后做出八根棍子。我手持一根木棍打算扔出去。

"宝贝儿，捡回来！"我大吼一嗓子，"快去！"

那根细棍掠过它头顶远远地飞了出去。我欢呼起来："看！快去叼回来，快啊，去吧！"

没有一点儿反应。

狼的四个爪子好像牢牢钉在地上，一动不动，一脸莫名其妙的表情瞧着我，仿佛在说："你玩儿我呢？"接着它转身离去，我又一次被抛弃了。

"到底要怎么做，"我捶胸顿足，气呼呼地走过去捡起木棍，"才能在这儿交到朋友？"

"咩。"

这声音我太熟了。老天眷顾。

"咩咩——"

"绵羊！"就在下面的小山丘上，听声音不止一只，应该是一群——而且是一大群——越想越激动，原来有六只！它们在一片开阔的雪地上安安静静地吃草。

我的世界：山

"时光倒流。"我舒口气，那种感觉就像新转学的第一天碰上了老相识。

"咩！"

"哎呀，见到你们真是太高兴了！"我跑得上气不接下气，然后赶紧用温柔的声音说道，"我是朋友，绝不会害你们的。"

它们是绵羊没错，但跟我素不相识，不知道跟岛上的动物性情是否一样。我放慢脚步走下山坡，生怕它们受惊后一哄而散。还好绵羊似乎不怕我，对我毫不在意。跟岛上的动物一样，它们心满意足地啃着脚下的青草。

又出现了几只黑得像煤块和白得像云朵的羊儿，白色的和雪地简直浑然一体，我差点儿没看见。至于灰色的，还分成深浅好几种灰，从灰白色到灰黑色。中间的过渡灰简直完美复刻了我接生的羊羔小雨，它可是我一把麦子一把麦子喂出来的。

还有一只棕色的！混在羊群中间，披着一身厚厚的羊毛外套，让我不由得想起牛奶巧克力棒。

巧克力。一想到这种"奢侈品"，我不禁垂涎欲滴。手伸进包里拿面包时，我突然想起先前带了一些做面包的原材料。这下好了，我一准儿变成咩咩羊俱乐部的大明星。

"你瞧，"我朝棕色绵羊走去，掏出一把金黄色熟透了的小种子，"这可比冻干草好吃多了吧？"

"咩！"所有的脑袋齐刷刷地看向这边，羊儿全都蜂拥而上！我还没反应过来，手上已经挤满了五颜六色的小脑袋。

"哎呀，哎呀！"四面八方全都是毛茸茸的脸蛋蹭着我，我差点儿热泪盈眶，"别挤！"

教训深刻，必须在旧本子上记下这条新原则：东西如果不够所有人分的，就别拿出来分享！

"挨个来。"我要求道，很苦恼该怎么喂这么多羊。伤脑筋的除了数量，还有一个剔除哪只的问题。在岛上的生活使我总结出一个经验：给绵羊喂小麦，不几天就能变出一大堆杂色羊羔。我该选择哪几只来繁衍下一代呢？

"劲儿真大，"我趔趔趄趄呼哧带喘，一大群羊拼命挤你可不是开玩笑的，"责任重大。"

"咩咩咩。"它们冲我不耐烦地叫着，好像说，"别愣着，赶紧喂啊！"

"行行行，好好好！"我咕哝着，打算采取最基本的饲喂原则：先到先得。

先喂那只快戳到我脸上的家伙吧，怎么这么没羞没臊的！眼瞅着羊羔砰砰砰地冒出来，我心里乐开了花，紧盯着眼前开心的一幕，连眼睛都舍不得眨一下。

"咩咩！"大羊低沉的嗓音里夹杂着尖细的叫声，五只羊羔一字排开：两只白的，两只灰的，还有一只棕色的小可爱，越看越像巧克力。

"巧巧，生日快乐！"我说道，接着给小羊羔和它的兄弟姐妹们喂了一把小麦，"当然啦，你们动物听不懂我说的话，但对于我来说，自从登上这片大陆后，咱们的初次碰面是最

43

令我开心的事。"

巧巧抬头望着我，亮亮的小黑眼珠里充满了好奇。"因为找到了你，就能找到其他动物，譬如……"正要说"鸡"的时候我顿了顿，一想起最后那只小鸡朋友的逝去，心里的内疚就像针扎似的痛，"譬如牛，就像我岛上的好朋友哞哞。你一定会喜欢她的，她是我……我……最好的朋友。"

"咩！"巧巧回应我，低下头啃着积雪的青草。

"好，我知道了。你对我够耐心的啦。"这时我发现小麦没有了。羊群渐渐散去，三三两两分布在树林里。

"你回自己的地盘吧，我也要继续探索这片大陆啦！"

"咩！"巧巧答应道，一步一摇地走了。

"宝贝儿，回见啦！"我说着转身向西而去。

我重拾信心，高高兴兴地迈向另一个山脊。与可爱的小羊羔偶遇使我平静了许多，生锈停顿的大脑又开始运转，回归了理性思考。

我应该制作一张新地图。要是不把一切记录下来，这场探险就失去意义了。

正当我检查储备的铁块、红石和甘蔗纸的时候，刚翻过的那道山坡背后传来"咩"的一声，然后便戛然而止。我本来没有多想，但紧跟着是一个急促的吠叫声，很耳熟。

"糟了！"我心里暗暗觉得不妙，像掉进冰窟里，全身的血液都凝固了，"不对，这不可能。不能根据那个世界的经验推断这里的情况。"

虽然这么想，可我还是拔腿就走，不知不觉跑了起来，顺着来路回到那道怪石嶙峋的山脊，向下远眺空荡荡的原野。

一切都完了。

荒凉的雪原上飘着两样东西：一张雪白的羊皮，还有一条血淋淋的粉红色羊腿。

"不可能、不可能、不可能！"我悲愤地喊道，冲过去把它们捡起来，"一定是个意外。跟之前那只傻兔子似的，绵羊掉下了悬崖，肯定不是被……"

"咩……汪，汪……咩！"

身旁树林里一阵动静。

一进树林，正好看见恶狼扑向一只灰色的绵羊。刹那间溅起一道血光，耳边传来尖厉痛苦的一声"咩"。小雨的同胞兄弟血肉模糊。

"住手！"我声嘶力竭地喊道。恐怖的一幕出现了，凶残的猛兽朝棕色的小羊羔一步步紧逼过去。"巧巧！"

我一个箭步上前，手里紧握武器。

"咩！"

钻石剑闪过一道寒光。

狼嚎叫着往后退。

"快走！"我朝巧巧喊道，"赶紧，快跑！"

啪！盔甲下的大腿一阵剧痛。我转过身，刚好和恶狼血红的眼睛撞上。

"嗷！"

45

又来一下子，幸好被盾牌挡住了。

"给我滚远点儿！"我大吼一声，高高举起利剑。

又是一阵吠叫，恶狼咆哮着扑上来，我又举盾拦下。

"去你的！"我双手一挥，把那家伙狠狠甩到了树上。

嗷呜一声，恶狼化成烟一命呜呼了。

"对不起。"我气喘吁吁地说道，肾上腺素退去后，不禁悲从中来，"我本来不想杀你。你只是遵循自己的天性罢了，可我也不能眼睁睁看着你——"

"嗷！"

猝不及防，有个东西从背后袭来。我往前一扑，整张脸撞上树干。

"什么东西……"我转身定睛一看，原来是另外三头狼。它们的眼睛跟巨型蜘蛛一样血红血红的。

哎呀，我怎么忘了——真想狠狠地敲自己的脑袋——为什么不好好地学习那本手册呢？狼一向都是成群结队的！

头狼一跃而起，我挥剑就刺。它的哀号淹没在另外两头狼猛扑过来的咆哮中。锋利的尖牙刺进我的左腿和右臂，我忍不住痛叫起来。

"后退！"我大吼着左劈右刺，宝剑挟风嗖嗖作响。

"退回去！"

就在这时，第一头狼趁机跳到我背上，就在我转身与它搏斗时，另外两头狼又扑了过来。只见剑刃飞舞、挥盾格挡，恶狼凶猛撕咬。

寡不敌众！

锋利的牙齿撕扯着我的身躯，我的骨头在恶狼口中咔吧咔吧碎裂。我且战且退，左躲右闪，合上背包，落荒而逃。

"引开它们。"我躲过一棵棵树，腾挪跳跃，心里只有一个声音。

"把它们从绵羊旁边引开，远远离开这里，然后再跟恶狼搏斗。"

超级复原能力起作用了，疼痛止住后我感到饥肠辘辘。这样不行，我必须休息休息吃点儿东西。

狼嚎声在背后不绝于耳，越来越近。它们紧紧咬住我不放，好似灰色的跟踪导弹。前方就是树林的尽头，说不定出了树林它们就不追了。

"嗷！"

我又失算了。

眼看就要命丧狼口，说时迟那时快，我冲出森林，直接落向冰封的河面。

"嗷！"屁股上被啃了一口，我一个趔趄滑倒在冰面上。

站起身来！赶快跑过去！可……我能去哪儿？

眼前是我曾经路过的大雪堆，可它并不是雪堆！从我这个角度看，好像……有一扇门？没错！白色雪堆正中间确实有一扇门！我之前的世界里，管那些最北边的小屋子叫什么来着？冰屋吗？管他呢！这是眼下我唯一的避难所！

我使出吃奶的劲儿狂奔过去，纵身一跃闯进屋里，啪的

我的世界：山

一下关上了身后的门。我好奇地打量着周围：这是个简陋的小屋子，家具只有一张工作台、一个壁炉，还有一张床，没想到还有地毯！纯白的羊毛地毯差点儿被我当成了白雪。墙上还有窗户。从外边经过时没看见这扇透亮的窗户，应该是被大雪盖住了。

"这是……"我脑子飞快地转着。就在此时，屋外的嚎叫声让我清醒过来。

"等着，"我冲外面嚷道，"马上我就回来。"狼吞虎咽地吃了几个烤马铃薯后，我开始盘算怎么才能干掉门外三个龇牙咧嘴的牢头。

"它们已经受伤了，"我思忖着，"食物已经激活了超级复原能力。只要每头狼刺一两剑……要么打开门，一次放一只进来……"

"吱吱吱！"外面传来一阵嚎叫，那是犬类动物吃痛后的声音。

我赶紧向窗外张望。该死的雪，什么都看不见。

屋外有动静——我分辨不出是什么发出的——紧接着又是一声惨叫。

"嗡！"又响了一声，是弓弦。箭支带着哨音飞出来，准确无误正中要害。

"吱吱吱！"第三声惨叫，也是最后一次。接着，所有动静都消失了，一片寂静，我的心脏仿佛也停止了跳动。

"有人吗？"不是我说话，不是我自言自语！一个真实的、如同天籁一般的声音响起："有人吗？屋里有人吗？"

"这……"我的呼吸急促起来，心脏差点儿跳出胸腔，"怎么……可能……"

我迫不及待地打开门。

门外站着一位女子。

第五章

"是这样的，我看见你一头扎进我的狩猎小屋。"

碧绿的双眸，白皙的皮肤。

"其实，严格来说这也不是我的房子，因为不是我亲手盖的。有一天它突然凭空蹦了出来，就像兔子和北极熊。对了，照我说呢，跟咱俩一样，纯属偶然在这个世界生成。"

嗓音细细的，柔和动人，好像还带着口音？

"怎么样，好歹说点儿什么吧，"她浑身裹着皮革，缓缓放下了手里的弓，"不想说'谢谢'，至少说句'你好'也行啊。"

眼前的一切是真的吗？我不敢相信。经历了太多挫折，碰了太多壁，这是错觉还是幻觉？

难道，就像我第一天上岛时曾以为的那样，这是个梦？

"行吧，看样子你不会说话。"

我努力试了一把却失败了。头昏脑涨、思绪混乱，发生了太多意外，我的脑子都反应不过来了。

"要么是你听不懂我的话，要么……"她放下了手里的武器，"就是你冻得说不出话。天知道早晨醒来这儿有多冷。"

她把弓收起来，空出双手摘下皮革帽子和胸甲。

"给你。"

东西抛在了我的脚下，在雪地上滚着。"不是正经冬衣，但兔皮的保暖性总比钻石好多了。"她脱下头盔和护胸，散出一头金发，屋里好像照进了一束美丽的夕阳。她扎着个马尾辫，身穿绿色衬衫。

"穿不穿随你，想在冰屋里换衣服也行……"

像一阵风似的，她带着剑、盾牌和钻石盔甲出去了。兔皮确实暖和些，虽然不是特别厚实，但不像盔甲一样束手束脚，而且能把我身上那点儿可怜的热量保住。兔毛紧挨着皮肤的感觉，就像在被温柔的小手轻轻抚摸。

渐渐地，我的身体从麻木中苏醒过来，眼睛和耳朵又变成了自己的。

"谢……谢谢你。"

"哎哟，你能说话啊？"她笑了，银铃般的笑声是这个世界上最美妙的音乐，"欢迎光临寒舍。"

"谢谢！"我又说了一遍，"谢谢！"我大声对救命恩人致谢，对天空、对命运无比感激！"谢谢、谢谢、谢谢！"

真没想到能遇到她。巨大的狂喜冲昏了我的头脑，全然忘了在这个世界是不能拥抱的。

我的世界：山

"站那儿别动！"她急忙一闪，一边后退一边摆手，"咱俩最好保持距离！""对不起，"我前言不搭后语，"我就想……一个人太久了……很长时间没有个可以交心的朋友，自打……"

"等一下！"她的语气冷冰冰的，"我们可不是朋友，刚见面而已。"

"对对，我明白，可是……"我结结巴巴地说道，"其实，咱俩都不是本地人。你刚才说的，对吧？既然都是外来的，那咱俩就算……"

"不认识。"她又退了一步，"咱俩素不相识，对这个世界来说也一样。这么说吧，我对这个世界可比对你熟悉多了。"

"哎呀，别这样，"我嗔怪道，"你明白我的意思。"

"明白又怎么样，你错了。"

你错了。以前从没人这么说我。至少记忆里没有这回事。要是在你们和我的那个世界里，最少得有一两次别人跟我说过"你错了"。可自从来到这个陌生世界后，我只能跟动物朋友说说话，它们只会"哞哞"或者"咩咩"来表达内心的想法。可就在刚才，头一次，我跟一位有思想、会说话的人类交谈了。对于我的看法，她告诉我"你错了"。

"可是，"我的脑子连句完整的话都组织不了，"眼下，你看，咱俩，这样的！我们是同类，况且……"

"你不了解，"说着她又往后退了第三步，"你以为我们来自同一个世界，还可能是同一个地区，除了咱俩长得像

52

以外，你对我一点儿都不了解。况且，与你长得像……"

"并不意味着就是你的朋友。"我接着说道，自从差点儿被巫婆毒死后，我总结出了这个道理。

"第二十五条原则。"我无可奈何地叹了口气。

"什么意思？"

"没什么。对不起，我以后再详细告诉你。要是你……"我的心突然一紧，"还有以后吗？我的意思是，如果你再也不想理我了……"

"不是不是，没那么矫情。"她微微一笑，我松了口气。"我没其他意思，就是说一点儿不了解怎么当朋友。我对你一无所知，"她向我热情地走近了一小步，"连你叫什么都不知道呢。"

"对啊，"轮到我傻笑了，"确实，我叫……我……叫什么名儿自己也不知道！"

"真的？"她放声大笑，温暖又亲切，"我就吓唬吓唬你！其实我也不知道自己的名字。反正到现在也没人跟我说话，用不上。"

"哈哈！"我也大笑起来，"我就知道，对吧？咱们还是起个名字好了。我想叫……"

"等一下，我来帮你起名。"她俯身靠近了些，上上下下地打量我，"这样多有趣啊！就像那本书里写的，有个家伙遇到海难流落到荒岛，于是用一周里的某一天给一个土著取名……按道理应该反过来对不对？你说多别扭啊，他是外来人，怎么反客为主了呢？"

我耸耸肩不置可否。这本书的名字我听说过。唉，老实说，假如拜读过它，我之前的荒岛求生何至于那么艰难。

看来回家后我又多了一件必须完成的任务。

"这么着，咱们先看外貌……"她碧绿的眼睛骨碌碌地把我全身打量个遍，"嗯，你是个男的……"

"是吗？"我诧异地反问道，"你怎么知道的？"

"那还用说，有胡子呗。"

"有吗？"

"明摆着的事嘛。你嘴周围有一小圈棕色山羊胡。"

"还真是。"来到这个世界这么长时间，纵使我取得了再傲人的成就，有了多么重大的发现，但我一直没法看到自己的倒影，"你这么一说我想起来了，内心深处我总把自己当成男的。"

"盖伊，"她加重语气重复了一遍，"瞧这名字多贴切。"

"那你呢？"我问道。

"我嘛，当然是个女孩了。"

"真的？"好吧，郑重声明，虽然我长篇大论地把她描述成一个女孩，心里也早就理所当然地认为她是女的，可我真没有确凿的证据。要说男人也能留长发，捏着尖嗓门也不难。况且她是不是尖嗓门还不一定，因为带着口音，所以她说话就跟唱歌似的。

"你怎么知道自己是个女的？"我饶有兴趣地问道。

"直觉，而且我喜欢女性名字。"

"有道理，"我回答道，"给你起个名叫'女孩'怎么样？"

"谢天谢地，你可千万别！"她嚷嚷起来，"你起名字也太简单直白了吧！"我刚要反驳她给我起的名字"盖伊"也好不到哪儿去（译者注："盖伊"英文为 Guy，同时也有"男人"的意思）。对方根本不让我插嘴，继续侃侃而谈："我的名字必须有深度、有力量，不仅强大还美丽，偶尔被提起时还要让人有眼前一亮的效果。"

"就这么点儿要求啊？"我反唇相讥道，"简直易如反掌。"

她又哈哈大笑起来，悦耳动听的笑声如同夏天的微风，温暖地轻拂着我的心。

"夏茉。"我胸有成竹地说道，"这个名字你觉得酷吗？"

她想了想，回味了一阵子，然后点了点头。

"跟量身定做的一样。"

在我曾经的世界里，不同文化表达问候的方式多种多样：有些是握手，有些是鞠躬，有些是用手捂着心口。我最喜欢后一种方式，但我硬邦邦的方块身子做不了这些动作。我只能向前迈出一步，不到一臂长的距离，然后亮出我柔软的拳头。

"夏茉，很高兴认识你。"

她模仿我的动作，也用手碰了碰我的拳头。

"很高兴认识你，盖伊。"

一碰到她坚实、可靠的拳头，我不禁全身战栗。当然，要照实说，也可能是我冷了。

"喀喀喀。"我哆嗦个没完没了，夏茉咯咯地笑了起来。

"来吧，"她说道，转身就跑，"咱们赶紧回家你就能暖和起来了。"

"家？"我摸不着头脑，才发现她并没有跨进冰屋的门，"你不住这儿吗？"

"你冻傻了吧？"她问道，脚下走得飞快。

"这个，"我忙不迭地追上去，"你不是说你来的时候它就在这儿吗？"

"是啊，我也希望如此，"她回答道，带着我扭头往海滩的方向走去，"这屋子是最近才有的，我可盼望好长时间了。当初刚到这儿的时候……"

她从头开始回忆起往事。我如饥似渴地听着，想知道每个字和每个细节。可一时间遇到那么多事，我现在头脑一片混乱，怎么也没法集中注意力。

我再也不用孤苦伶仃了！我找到了一个……呃，还不算朋友。夏茉对此分得很清。为什么？为什么两个人的反应大相径庭？她见到我远远没有我见到她那么激动。这个等我俩熟络些后再问清楚吧。

这是一条新的原则，关于友谊的原则，可以称为"友则"。我明白，像我这种人，最喜欢的就是弄清楚规律，因为这就是我的生存法则。合成、挖矿、斗怪兽，每件事都有内在规律。正如我自己的第七原则所说，"弄清规则就能把规则从敌人转变成朋友"。

这条金科玉律同样也适用于友谊。必须界限清晰，明确对错，尤其是和别人打交道的时候。它比我跟动物交朋友更复杂，并且危机重重。一想到可能会把事情弄得一团糟，我不由得哆嗦了起来，这可不是因为冷。绝不能让她对我心生嫌隙或者敬而远之，否则我又会重新掉进恐怖的孤独深渊。

我明白，必须要面对一段漫漫的"友则"之路，挑战将会接踵而来，让我不得喘息。

朋友互相倾听。

说到做到。我摒弃了刚才脑海里那些乱七八糟的想法，集中精力仔细聆听她的话。虽然漏掉了几个关键的细节——幸好她没有考我——但我对她的基本情况也差不多知道了。

跟我一样，夏茉苏醒时发现自己身处水下，浮上水面后孑然一身，于是游啊游，最后看见了陆地。

然而跟我不一样的是，她运气不佳——那里不像我的小岛一样郁郁葱葱。夏茉上岸时，海滩结着厚厚的冰壳，没有苹果树，也没有动物伙伴，第一天就饥肠辘辘。换成我可能都活不过第二天。

她上岸后走了几分钟，砍了一棵云杉，马上学会了做工作台，之后合成了工具和武器。如果你看过我第一本书，你就知道我用了多长时间才学会这些，过了多久才壮着胆子敢跟怪物搏斗。夏茉比我强多了。

雪原上的第一个夜晚降临了，太阳落山，怪物出没。她靠着手头仅有的木头斧子和木头剑杀死了好多僵尸——她管那些玩意儿叫"小僵"，靠着僵尸的腐肉扛过了几天。这也是迫不得已。她饿极了，可上哪儿去找牛奶充饥呢？

头几天夏茉真是惨不忍睹：挨冻、受饿、疾病缠身，还要出去探险，哪怕连有毒的腐肉都不够吃，差点儿没活下来。她不会钓鱼，因为不知道可以利用蛛丝；她不会打兔子，因为当时还没有。这片"针叶林"——她自己起的名字——比我到来的时候更加荒凉。

要是换成我可能已经死好几回了，尤其是我刚到个新地方要晕头晕脑好久，说不定还会躲在某个洞里日渐消瘦。我在岛上的第一晚便做了这样的傻事：僵尸在外头出没，我差点儿把自己活埋了。如果这事发生在这儿，如果我像夏茉一样饥寒交迫，还伤得这么重，可能早就一命呜呼了。

可她却不屈不挠，抗争到底。先前战场上的胜利以及工作台上的成就，带给她极大的信心，给了她坚持下去的勇气。她从岸边走进内陆，寻寻觅觅想找到更好的东西，同时寄希望于救援。我刚上岛时也这么想。但它就是个孤岛，我被死死地困住，手头有什么就用什么。可对她来说，下一道山脊后面充满了希望。

她把自己形容为"猎采者"，我却觉得用"流浪者"这个词比较准确：白天砍树然后合成各种木头器具，晚上猎杀僵尸割肉吃。她压根儿没想过挖矿或者种地，那都是稳定下来后才能干的事。

发现洞穴后，一切都变了。

第十天早上（真不敢相信，整整十天！），夏茉爬上冰河河岸，看到一座独自矗立的山脚下有个黑乎乎的洞口。她一开始并没有进去瞧瞧的想法，然而里头晃晃悠悠出来一个僵尸，立马就被太阳烤熟变成了一顿大餐，猎人敏感的直觉让她认为洞里可能有更多僵尸。可当她进去一看，里边空空如也。然而这么一来，夏茉发现了比食物还有价值的东西：庇护所。

经历了长时间徒劳无功的流浪，夏茉突然醍醐灌顶：这是停下脚步，制定下一阶段战略的好机会。山洞看样子很安全。特别是老天保佑，她一进洞，就在浅层里发现了能驱散我噩梦的好东西：煤！命运从此改变。夏茉将火把插在墙上，洞口安上之前偶然合成的一扇门。这么一来，她就拥有了一个可以静静思考、做实验和继续成长的安全之所。

然后就是种地、挖铁矿——大家都知道，入住山洞后一步一个脚印地前进，跟我不知不觉中走过的道路一模一样。最后夏茉竟然在——注意了啊！——她竟然在火山脚下安营扎寨！

第六章

"你住这儿？"我呆呆地立着，战战兢兢地望着这个让人唯恐避之不及的地方，犹犹豫豫不知该如何是好，然后探头探脑地到处打量，恨不得马上撒丫子就跑，"就住这儿？"

"有什么好奇怪的？"夏茉问道，"刚才讲我经历的时候，你没带耳朵吗？"

"对对，当然听了，"我赶紧改口，"不过今天早上我刚来过这里，好像……没看见山洞。"

"别想当然。"她就事论事地说道，爬上了之前那道熔岩山坡。难道我漏了一扇门？或是漏了个盖子？

"到了，"她停在那朵孤零零的红花前面，然后伸手在花儿上方掏出一块土，露出下面一个浅坑。我伸着脖子往里一瞧，看见地上安着一个石头和木头做的拉杆。

"试试看，"她说着让出位置，"你来动手。"

我根本不用挪动身子，因为在这个世界里，我够得到四格以内的任何东西。

拉杆向前一送，一阵杂乱的声音响了起来。这个动静很耳熟，上次探索这座山的时候，听到过类似的神秘咔嚓声。我还没想明白这是什么东西，熔岩流突然间断了。

"稍等一会儿。"夏茉说道，把用来伪装的泥土放回去，然后带着我走下山坡，"是要花点儿时间，但值得。"

果然！最后一块熔岩掉下后，后面露出了一个四格长、四格宽的凹洞，尽头是一扇双层门，我的嘴都快合不拢了。"是个秘密入口！"我不由得啧啧赞叹，"太酷了！"

"啊，这没什么。"她说道，领着我跨过黑色的云杉木门，热情温暖的气息立马扑面而来。不仅仅是温暖，跟外面充斥喉咙的干冷空气相比，这里还很湿润。

远处有一条长长的走廊，被火把照得亮堂堂的。夏茉一走进去，又响起咔嚓一声。我真应该赶紧跟上去，别老站在门槛这儿冥思苦想。

"啊呀！"弹回来的门板差点儿没把我鼻子砸扁，我不禁哀号起来。

"小心压力板，"她咯咯笑着帮我重新开门，"这样不仅能把怪物挡在外头，而且阻挡热气外泄，起码在熔岩系统升级前可是帮了我大忙。"

"那敢情好。"我悻悻地嘟囔着，跨过这扇咯吱作响的小立方体厚门板。

"我觉得对于生成点的天气状况，你无须太过焦虑。"

"也没有，"我答道，"我当初上岸是在……"

"等等，"她打断话头，领着我进了一条窄窄的侧廊，"千万别忘了每样东西都要归位。"夏茉把手伸进天花板上的一个窟窿里，我猜里面是控制熔岩的拉杆。

轰隆一声，跟刚才一样的声音，头顶上的机关移动起来，还能看见冒出的泡泡，一定是沸腾的熔岩。

"好了，"夏茉说道，"现在暖和了。"

她又领着我走回主廊，来到一扇单门前，谢天谢地没有压力板。门开了，房间里的摆设差点儿让我以为是在豪华酒店的套房。

照我的设想，应该像我藏身的地堡一样：光滑的石头四壁，一张工作台，一两个熔炉，必不可少的一两口箱子。确实，这些东西房间里也都有，没什么区别，只是这些东西的周围……

地上铺满红黄间色条纹的地毯，墙是黑色的云杉木板墙，上面挂满了类似画框的物体。我在一本手册里看过，但想都不敢想，因为其中一个主要成分就是皮革。

看样子对夏茉来说这根本不是问题，不论是来源上，还是——我后来跟她求证过——道德上都没有问题。我数了数，一共有二十一个，每个里面都装着一件不同型号的工具：斧、镐、锹、锄，从原木到亮闪闪的钻石，五花八门，不一而足。

最后一幅是个金色的圆盘。外形类似指南针，但没有指针，盘面上是一幅图画，描绘的是日头慢慢偏西的场景。

"这是一个钟吗？"我问道，模模糊糊记得在哪本册子上见过类似的东西。

"你没有？"夏茉问道。

"压根儿用不上，"我耸耸肩说道，"那时在小岛，我住在地上，太阳就是我独一无二的钟。"

"嗯，一开始我也没那么奢侈，"夏茉说道，语气里隐约带着一丝戒备，"头几个星期，每天开门的一刹那就是拿性命在冒险。"

听得我浑身发抖。你想想，连外边是白天还是黑夜都不知道。屋子外怪物肆虐就不说了，与世隔绝的日子才是真的惨无人道。整天关在暗无天日、没有窗户的房间里，唯一的照明就是火把，这种情况光听着就是一种折磨。这种日子长了，人的意识会变得混乱不堪，精神几近崩溃。夏茉来的头几个星期，只有无边的严寒，充饥的只有僵尸腐肉……

"你是怎么熬过来的？"我问道，恍然想起她的故事我只听了个开头，"找着这个地方后你是怎么从逆境中挣扎出来的？"

"我向下挖。"我抬头顺着她的目光看到一把石镐。

"是煤给了我继续前进的动力，我想看看地底下还能挖出什么来。于是我不停地挖隧道，不停地探索，才找到这些常见的矿石。然后那天我发现了一个废弃的矿井……"

"天哪，咱俩一样！"我脱口而出，实在太巧了，真是激动人心，"你发现什么宝贝了？"

"你说的'宝贝'，"夏茉接着说，"就是那些不用上到地面就能活下去的方法吗？"

哇，这个想法也太吓人了吧！整天困在暗无天日的地底下，连微风亲吻脸颊的幸福也无缘了？

"你真这么干了？"我只蹦出一句话。

"那可不。"她不假思索地说道，可能是看出来我内心的种种疑虑，又加上一句，"当然，我是发现了这本教人怎么在地下生存的书后才敢这么做的。"

说着她指了指墙上的钟。

"而且，过了几个星期，喏。"她的眼神挪到钟下面的东西上，那是一排玻璃块，我错看成了后面的沙砾。

"来点儿自然光怎么样？"她问道，把地上一个我没注意到的拉杆一推。

"就像熔岩一样，"她扬扬得意地说道，"活塞、拉杆，还有一排奇妙无比的红石。"

我恨不得插嘴讲一讲自己"奇妙无比"的红石发明创造：我用它组装出了威力强大的矿井清除装置。可话到嘴边又咽了下去，因为我瞧见窗户的位置有些奇怪，恰好能看见我刚才爬上山的那条小路，也就是第一次到这儿时听见奇怪咔嚓声的地点。

"夏茉，"我犹犹豫豫地开口问道，"先前我爬上这座山的时候，听见过一模一样的声音，当时我还以为是一只自寻死路的兔子。"

"对，它们都很蠢，"夏茉咯咯地笑了，"倒霉的小毛球。"

"没错，关键在于，"我不知道该不该说，突然间我的肚子抽搐、下巴直抖，鬼知道我怎么一下子紧张成这个样子，但不吐不快，"你有没有……怎么讲……在这个位置，看到过我？"

空气凝固了，夏茉盯得我心里直发毛。

"没有。"语气平淡，不动声色，"我偶尔开开窗，一般是早上用来观察海滩有没有怪物的。"

她停顿了一下，马上接着说道："可我没见过你。"

冷不丁地加了一句："兔子没在你那儿吗？"

"什么？"我下意识地问道。这话题变得有点儿快，让我一下子摸不着头脑。

"那个跳来跳去的家伙，"她加重语气，"你说过你亲眼看着它自寻死路。"

"没错，"我点点头，把全身上下翻了个遍，"对了，我还把它的尸体放在……"

"我做给你吃怎么样？"她乐呵呵地问道，"你淋浴的时候，美味可口的炖兔肉就出锅了。"

这句话里有个词如雷贯耳。"谢谢,刚才你说'淋浴'？！"

"蒸气浴，"她的嗓音像银铃般动听，"驱寒保暖的最佳办法。"说着她指了指我身后墙上一道单独的门，"浴室里有个架子可以挂盔甲。"

除了谢谢，我连一句完整的话都说不出来。

"别客气，"她笑眯眯地说道，"把兔子给我。"

我的世界：山

我把那个粉红色的小东西扔了过去，她接过来转身走到工作台前。"好了，你去吧。也就一分钟的事，我工具箱里有配料。"

门开了，一股湿热的空气迎面扑来。

"别把蒸汽都放跑了。"她说道，关上了我身后的门。

这间灰色的浴室到处都锃亮锃亮的，我第一座房子跟它一比，顿时相形见绌。这儿有一个盔甲架子，一口储物箱，一个高高的"马桶"，水流被四周的楼梯圈在中间。

还有一个"水槽"。我通过墙上涌出的水方块落进一个高高的洞里判断出，这是上完厕所洗手用的设施。当时这两样东西对我来说全都可望而不可即。

我记得，在那一刻，心中油然而生一种奇特的感觉：一个人为其他生命建起一座无用却华丽的丰碑。可当我一转身，刚才这些纷乱的思绪全都烟消云散。

除了厕所，夏茉竟然还造了一口热水浴缸！水下是玻璃，再下去是熔岩。"太完美了！"我兴奋得手舞足蹈，放声歌唱，"热水浴缸！"我哼着小调，蹦蹦跳跳一个转身，把盔甲扔到架子上，"好好泡个热水浴！"

皮肤浸入热乎乎水里的一瞬间，那种体验简直妙不可言！"哇！"我不禁美美地呼出一口气，暖洋洋的感觉涌上双腿，没过后背，一个激灵后，所有寒气被驱散得一干二净。我虽然喜欢待在温带岛屿上，但经历过一天一夜刺入骨髓的严寒后，在这儿泡个热水浴简直像进了天堂。

我长舒一口气，惬意地眯起了双眼，感觉全身每一寸肌肤都舒展开来。

"你在里面没事吧？"夏茉隔着门问道。

"啊……很……很好！"我尴尬地回答道，赶紧闭嘴。现在旁边多了一双耳朵，我喜欢自言自语的习惯一定要改改了！

"我还以为你真的在上厕所呢。"

"哈哈哈，不是的，"我捧腹大笑，"正舒舒服服地泡热水浴呢。"

嗯，算是完整回答了一个问题吧。

"试了淋浴没有？"

我差点儿忘了，光顾着在浴缸里傻乐。

"还没呢。"

"在你头顶。"她喊道。

我面前往上一格高是另外一个神秘的拉杆。我这才发现自己头顶的天花板上有个浅浅的坑。

"看见了，"我大声回答，伸手摸到了拉杆，"多谢啦！"哗的一声，水流倾泻而下，也是热水！我的脸颊笼罩在幸福温暖的水幕中。

亲身体验到这精妙绝伦的发明，让我飘飘欲仙，情不自禁地笑了。可得意忘形中我忘了自己身处水下，还把自己怕水的事抛到了九霄云外。"吭哧"一声我呛水了。

我不能永远待在水下。不像在真实世界，在这里淋浴时必须彻底屏住呼吸。但短短的几秒钟，却也足够弥补昨天遭受的严寒之苦。

夏茉说得对，热水浴才是暖和起来的最好方法。

享受热水浴时我心想，这么使用活塞太巧妙了，就跟控制窗户和熔岩的机关一样。

窗户和熔岩。

怎么回事？

心中的疑问跟着周围氤氲的蒸汽缓缓腾起。为什么她用沙砾把窗户掩盖起来，用熔岩把门伪装得严严实实？难道……我的脑海中冒出一团大大的疑云。

她遮遮掩掩地想隐瞒什么？一开始为什么不向别人求助？我一来到这个世界，可就在山顶上留下了大大的"救命"！

我把脑袋放在淋浴头下边浇了个透，但心里的疑惑还是越堆越多。

有可能她对获救已不抱希望。确实，求救无果后我也很绝望，可万一有人来，就能看见我的房子，瞭望塔就更不用说了。我才不会故意把痕迹藏起来。从另外一个角度想……

当她被问到看没看见我的时候，为什么顿了一下？

她是不是想……

"晚饭好了。"门外隐约传来一声。

"马上就来。"我乐呵呵地说道，从浴缸里跳出来穿衣服。突然间，我对怀疑夏茉感到很内疚。

肯定有个合理的解释。

我一边把盔甲披上一边想。说不定她有苦衷，必须躲起来。

这片大陆可比我以前那个安安稳稳的小岛大多了，要是有狡诈的怪物盯上她……

我关上淋浴，推开洗手间的门走出来。夏茉端上了一碗热气腾腾、香味四溢的炖肉。

"是有一点儿残忍，"她说着把碗放在我脚边，"但也算是物尽其用了，你说呢？"

我吃了下去——可这是为了夏茉。我本不吃荤，但这家伙死于意外，我也不想拂了主人的面子。只此一回，下不为例。后面会详细讲一下我饮食上的信念。

况且，我要向你们老老实实坦白：炖肉真的太香了！我狼吞虎咽一下子吃了个精光，心里有点儿后悔为什么之前去打猎。"好吃好吃好吃！"我赞不绝口，逗得大厨乐不可支。

"没那么夸张吧。"她有点儿不好意思地说。

"太好吃了！"我打着饱嗝说道，"里面还有马铃薯、胡萝卜和蘑菇什么的！你居然能把蘑菇做得这么好吃！"

"可不许瞧不起蘑菇哦，"她开玩笑般地提醒我，"是它们把我从小尖的腐肉里解救出来的。"

"你为什么叫它们'小僵'？"我问道，"为什么不叫僵尸？"

"顺口呗。"她耸了耸肩。

"应该读成'僵'，"我纠正道，"这才是正确发音。"

"应该是'尖'。"她反过来纠正我。我笃定两个人说的是同一种语言，但口音差别有点儿大。

"咱俩以前离得挺远啊。"我说道。

"那又怎么样，"她满不在乎，"打哪儿来还不都得上厕所。"

我哈哈大笑，但没想到紧接着打了一个大大的哈欠。

"不好意思，"我的嘴都快咧到耳朵根儿了，"累了一整天。"

夏茉瞥了一眼窗外渐渐暗下来的天空，通情达理地点点头。"咱们该安顿下来睡觉了。"她关上窗户，拿走我干净的空碗（不用被迫洗碗的世界太棒了！），打开淋浴间对面的一扇门，领着我进了另外一间家具齐全的舒服卧室。房间里铺着灰蓝格子的地毯，木板墙壁上挂着画（跟我家的一模一样！），远处还有一根三格宽的砖砌柱子靠着墙。我本来想问问这个不常见的设施是干什么用的，但眼下这不是最重要的事。

"床应该放在哪儿？"我问道，心里把空地的大小估算了一下。

"什么？"夏茉一开始没反应过来，然后示意柱子对面的一张单人床，"喏，你的床。"

现在轮到我摸不着头脑了："你睡哪儿？"

"哈！"夏茉扑哧一声笑了，让我丈二和尚摸不着头脑。

"这不是我的房间，我在下面大厅的主房。"

"主房，"我重复了一遍，脑子里揣摩着这个词，"你意思说这不是……"

"不不不，"她咯咯地笑着，"这间房算是门厅，这么说吧，是我的客房。"

还有吗？大山脚下还有其他房间？还有另外的建筑奇迹？能看到更新奇的玩意儿？

"我现在能不能瞧一眼主房？"我问道，疲惫不堪下又打了个哈欠。

"明天吧，"她说着往砖砌柱子上的一个缺口处走去，"你要想把洗手间的门开着也行，淋浴头的热量能让你取取暖，要是……"

她掏出打火石，迸出来的火星落进洞里，火焰熊熊燃烧起来。

原来是个壁炉！

"在火光中我才能睡得安稳，"她说道，后退一步站在我身边，"就是有点儿呛人。"确实很臭，跟我爬上山坡的时候闻到的味道一模一样！

原来我之前找到的那个洞是烟囱的出口，鸡蛋和硫黄混合的臭味肯定是从这儿散发出来的，要么就是另外一个壁炉。

"我以前烧木头，"她解释道，"但总是不如下界岩耐用。"

一个新词。

"下界岩？"

"你没见过吗？"夏茉的口气听起来很诧异，"你从没去过下界？"

"那是什么……下界在哪儿？"

71

我的世界：山

"明天吧，"她用安抚的语气说道，与我擦身而过往房门走去，"明天早餐咱们详谈。"

"好的，谢谢你！"我结结巴巴地在她身后说道，"感谢你的晚饭和淋浴，还有……这一切。"

夏茉扭头对我说道："欢迎你到来，盖伊。"她一边往外走一边说，"睡个好觉。"

"嗯，你也是……"我冲那扇关上的门喊了一声，心中涌起一股暖流。这次是因为她刚才说的一个简简单单的词：欢迎。

她欢迎我。

虽说这是句客套话，但此时此地情形不一样……

我冒冒失失闯进她的家和她的生活，她却没有把我拒之门外。

可能现在她还没把我当朋友，但只要假以时日，总会有所改观。最关键的是，所有危险已经过去，不用对外面的世界惊恐担忧，我再也不是单枪匹马独自对抗世界了。

身子暖和，酒足饭饱，我躺在松软舒服的被窝里，眼前是"呛人"的炉火，浓浓的睡意排山倒海一般袭来。

"我再也不是一个人了。"我打着哈欠，合上了沉重的眼皮，"再也不孤单了。"

第七章

第二天早上，我被一阵呛人的臭味催醒——你们都明白。

但这没什么。夏茉说得对，时间长了就习惯壁炉的味道了，况且醒来后还会有新的精彩等着我。噼啪响的炉火亮光映在木墙上，点燃了昨天的回忆，我盼望今天能看到这座山里其他新奇的东西。

想到这儿，我一个鲤鱼打挺从床上跃起，打算出去遛遛。我披上盔甲，推开客房门，一溜小跑穿过走廊来到双开门处。两扇黑色木板门一打开，眼前的一幕让我惊呆了。

"哇！"

我该怎么形容这座地下宫殿呢？打哪儿说起？

还是从这座空荡荡的宽敞房间说起比较合适（因为后来我才知道这是夏茉生生在坚硬的岩石上凿出来的！）。这个山洞有二十四格宽、二十四格高，占整座山四分之一甚至三分之一的体积！

我的世界：山

正中间也摆着一口浴缸！不对，应该叫热水池！至少得有之前那个的三倍大，周围是一排排的灌溉农田作物。小麦、胡萝卜、马铃薯、西瓜、南瓜和一开始没认出来的块根作物（后来夏茉告诉我那是甜菜）。再往里，四个角落竟然种着树！而且是橡树！

"橡树没有被我砍光，没有灭绝！"这么一想，我饶恕了自己在岛上犯下的破坏生态环境的罪行。这片挺拔俊秀，美得无法形容的小树林，在火把的照耀下显得特别高大。然而让我瞠目结舌的事情还在后头。

光滑的灰色石壁上，成百上千支火把排列整齐，每一层都分布着十几扇门。没错，这里有两层。二楼外面围着一圈带栏杆的橡木阳台。

怎么上去呢？没有台阶，也没有梯子。

我喊了一声"夏茉！"但没有得到回答。她可能待在哪扇门里睡觉或者吃早饭吧。

在这儿能敲门吗？要是冒失闯进去，她正好在洗热水澡怎么办？

对了，蒸汽淋浴。

一想到这里，我差点儿马上奔回客房洗个澡。可眼前就有个奥运会标准的池子，干吗费那个事呢？！

它好像在冲我招手，泡在水里一定非常舒服。如果我能从阳台纵身跃下就好了，可眼下我只能助跑一段再跳下去了。

我觉得夏茉肯定允许我这么做，于是后退几步。快速泡个澡还能给她多留点儿时间完成她正做的事。我做了一个深呼吸，摆出起跳的姿势，然后向前冲去。

"住手！"

夏茉的声音如同晴天霹雳。我像动画片里那样，吓得一个激灵刹住脚。好就好在这个世界有个反常的物理现象：没有惯性。

我像根木头似的杵在原地，纹丝不动，离池子边缘只差一小格远。我循着声音抬起头，看见夏茉正站在栏杆旁边冲我喊："你怎么想的？！"

低头往下一看我才明白是什么原因。池底不是那种被普通玻璃板隔开的熔岩，而是在明亮发光的纹理中，夹杂着深褐色的斑块，颜色从暗黄变为浅橙色的方块。更关键的是，池子里的水，不仅冒着热气，而且是沸腾的状态，一池子"暴怒"的气泡在我鼻尖下不断涌起。

"岩浆块，"夏茉说道，"在下界很常见。"

又听到这个名字：下界。

"我马上下来。"她喊了一声，消失在楼上其中一扇门后面。

不消三秒钟，她就从下面的一道门里朝我走来："开水能给空气加湿，但说老实话，你肯定不想栽进去。况且顶多只能在水里溜达罢了，有这么多气泡你也游不动。"

她的目光越过我，望着那口沸腾的大锅："这种死法可是太惨了。"

我的世界：山

我正要开口问她关于下界的事——这个神秘的地方有岩浆块和下界岩——可她就像没看见我似的，眼光一抬，望向了远处墙上的钟。

"你来得正是时候。"跟我擦身而过往另外一道门走去的时候，她又加了一句，"想来个羊腿吗？"

"羊？"又听到一个新鲜的词。

"我知道，"她咯咯笑了，"早餐吃这个有点儿腻，但我早餐也会偶尔吃羊肉。"

绵羊？

这……

"这个……好吧……"我支支吾吾地答应了，紧张之下额头唰地冒出一阵汗。

没错，我昨晚是吃了炖兔子，而且把狼咬死的动物肉放在背包里以备不时之需。不过现在还没到山穷水尽的地步。再说哪怕到了，我就可以吃掉那些本来能当朋友的小生命吗？

行了，想批判我的话也随你便了。如果你的个性黑白分明，这种论调听起来确实有点儿装模作样。但至少对我来说，我曾亲手养大过绵羊，跟它说过话，甚至还冒着生命危险保护过它。吃掉它和吃一只从没相处过的兔子，根本就是两码事。

这种事我干不出来。但我如何才能婉拒她的好心好意呢？

"我手头没有羊肉，"夏茉接着说道，"所以咱俩碰上的时候我正在打猎。"

打猎？！夏茉要我跟她一起去打猎？猎杀绵羊吗？

“走吧。”她从箱子里拿出四捆小麦，“去壮大咱们的羊群。”

动动脑筋！赶快想办法！

“不用啦，”我结结巴巴地说道，笨手笨脚地在背包里摸索着余下的东西，“你要的话我还有些羊肉。”

“哎呀，太好了！”我把带着肉的骨头递过去时，夏茉欢呼起来，“谢谢你，盖伊！”

躲过初一，躲不过十五。

我点点头，就着她刚才的话说道：“其实，你说一大早要吃羊肉，我还挺意外的。”

跟着她走进宽大奢华的厨房时，心里有个声音不断催促我：“快跟她说你不吃羊肉！”可一踏进厨房，这个念头就烟消云散了。映入眼帘的是砖墙，橡木地板，天花板上的树干横梁，和上面缠着的像豆荚一样的植物。这一切是那么陌生。我只看见储物柜中间的半厚搁板上有好几块鲜美可口的蛋糕在向我招手。

“很快就好。”她说着把羊腿塞进一个熔炉里。

火苗腾地蹿了起来，房间里弥漫着令人垂涎欲滴的香味。她问我：“你想吃什么？”

“啊，没关系，”我说道，不能馋相毕露，“我不太饿。”

“咕噜。”不争气的肚子发出震耳欲聋的声音，彻底把我暴露了。

现在变成了二比一！

我的世界：山

"你得吃点儿东西，"夏茉坚持道，"烤马铃薯、一块面包，要么……"

她的手伸进箱子里，拿出一个圆圆的红色宝贝："喜欢这个吗？"

"好的，就它了！"

是个苹果！有多久了？有多少天、多少顿、多少次没吃到过这么甜美多汁的果子了？

"啧啧……啧啧……啧啧！"我大嚼特嚼，开心得摇头晃脑。

"要不我失陪一会儿？"夏茉自以为幽默地问道，话一出口便咯咯笑了起来。我却充耳不闻。汁水流进喉咙的一刹那，我心中涌起一股难以抑制的复杂情感。我想起岛上惊魂第一日的第一个苹果，可口又慰藉；想起曾经拿幼苗作柴烧，结果毁了整个食物供应源头，绝望又内疚；以及不知道地平线的远方还有没有苹果树，迷茫又困惑。现在，人生第二次机会来了，光明的未来就在眼前。这象征着希望的苹果！

"还有吗？"我嘟囔一声，没有问一句，想都没想就推开夏茉，伸手往箱子里抓去。

箱子盖砰的一声合上了，夏茉的脸蓦地横在我眼前。"住手！"她大喝道，"没人跟你说过不告而取很没教养吗？"

"对不起。"我一下子从欣喜若狂中清醒了过来。

友则三：朋友必须尊重彼此的财产。

"我不是故意要抢的，"我慌忙辩解道，"主要是太长时间没见过苹果了。"

"没关系，"夏茉的声音已经恢复了平静，"以后想要的时候打个招呼就行了。"

"好的。"我回答道，恨不得找个地缝钻进去。她不以为意，又打开箱子说道："你要是还饿的话……"

夏茉又扔给我一个圆圆扁扁的棕色东西，像个面包，上面还有深褐色的点点。

"来块松饼？"

那还用说！但她扔过来的松饼跟我家乡的相去甚远。在我之前的世界里，松饼一定是搭配炸鸡的咸味酥饼，口感清淡。

这个却又甜又厚，里面都是黏糊糊的小颗粒。

是曲奇！绝对是巧克力曲奇饼！

"怎么做的？"我细细地品味着每一口，只能蹦出这么一句。

"容易，"夏茉耸耸肩，她的脑袋朝头顶的横梁偏了偏，"伸手摘下可可豆就成了。"

原来那些是可可豆！

"你竟然有巧克力！"我惊叹道，又问了一遍，"怎么得来的？"

"往西走，"夏茉用手指了指墙，"过了树林和冰原，是一座深山老林，参天大树跟山一样高。有的树上就结着可可豆。"

她抬起手朝挂着的可可豆拂去，抓起一把棕色的豆子。

"记住，它们只生长在这种丛林里，"夏茉说道，把豆子重新搭回去，它们马上恢复成一个小小的浅绿色果子形状，"有空我带你一起去看看。"

她说着又递给我一块曲奇，自己也吃了一块。

"说好了啊！"我答道，举起手里的甜点敬她。

"路过的时候咱们花点儿时间找找。"

"路过？"夏茉猛地放下手里的曲奇。

"是啊，"我咽下嘴里的曲奇回答，"我们动身的时候就去。"

她马上把曲奇放进口袋："去哪儿？"

"这个……"我心里的疑团越来越大，"哪儿都行，只要能找到答案。"

"什么答案？"

突然间，我醒悟过来：夏茉根本不会明白我。她有什么义务必须懂我呢？两人认识时间不长，我对她的了解可比她对我多多了。

"对不起，"我开口道，"你对我一无所知。我觉得主要是因为来不及讲。好吧，现在……"

"干活的时候再讲给我听，"夏茉打断我的话，"早晨还要去割麦子。"

说干就干。我们来到花园收割成熟的小麦、胡萝卜、马铃薯和甜菜。我一边干活一边把自己的经历原原本本地说了个一清二楚。我跟她讲小岛的经历，我遇到的挑战和取得的胜利。夏茉认真地倾听着，时不时点点头发出"嗯嗯"的声音，偶尔插嘴问个问题，或者来一句轻快甚至带点取笑意味的评论，类似"又得了个教训"或者"那么长时间你还没明白"，当然这都是开玩笑。但当话题转到为什么我离开小岛时，她的语气变了。

好吧，当时我还以为是自己的错觉呢。两人把收割好的粮食拿回厨房，分门别类地放进储物箱时，她调侃的语调和倾听时发出的"嗯嗯"声消失了，这个错不了。作为故事的结尾，我说道："所以，我到这儿来是想寻求这个世界真正重要问题的答案，而且希望能够找到回家的路……回咱们自己的世界去。你说呢？"

夏茉只是茫然地望着我。就在那时，我发现这个由方块组成的世界有个很大的缺点：你看不出别人的表情！

我以前从没考虑过这个问题，因为没有必要去想。但现在有另外一个人站在面前，我才恍然大悟：面部表情比语言更能传情达意。

一个微笑、一个蹙额、一个挑眉，各种方法都可以增加语言的内涵，或者对别人的话做出反应。我以前从没想过聆听我说话的人，其实还没开口就已经用肢体语言向我传递了许多许多信息。现在这一切都消失了，我盯着那张毫无反应的扁脸，如同跟一堵墙在唠叨。

幸好还能看她的眼睛。起码她的眼神能传递出一些信息。只是她冲地上瞄来瞄去代表什么意思？"你也一样，是吗？"

我的世界：山

我絮絮叨叨个不停，越来越头大，"你想找到相同的答案，当然啦，也想回家。"

"回家，"顿了一顿后，她终于回答道，"没错，我肯定想找到回家的路，就是……"又顿了顿，"可惜我时间紧，生存和学习新技能就够累人的……"

"是的，"我如释重负般插嘴道，"千真万确。我的情况一模一样。如果我有更多土地可以探索，我就能待在离家近点儿的地方，我是说我的房子……你懂的。关键是，现在我们有两个人了……"

"没错，明摆着嘛。"现在轮到夏茉插嘴了，"我俩一定要尽快出发去探索神秘的未知世界。"停了半拍，"但现在还不行，"她的语气里充满信心，"等我干完了咱们就走。"

"什么意思？"不知道我软乎乎的方脸上是个什么表情。

"我正着手做一些事情。"她边说边往厨房后门走去，"来，给你看看。"

我突然觉得有点儿反胃，应该跟吃了太多曲奇没关系。夏茉到底在研究什么？为什么她的语气里有掩饰不住的犹豫和迟疑？为什么不和我一起找回家的路？难道这跟她奇怪的窗户有什么关系？

我们穿过后门进入工作间后，一切都真相大白了。这里简直就是一座工厂：一墙高的熔炉、十几口双排箱、两个铁砧、两张工作台、一根外面包着玻璃的熔岩柱。"盥洗室的浴缸就在上面，"她解释道，像是预料到了我的问题，"待会儿你就知道了。"

我们又穿过一道门，登上一段石阶，进了一间豪华浴室，对比之下我那间小客房竟像是廉价旅馆。所有设施最少有之前的两倍大，用一种抛光的粉红色石材建造，这玩意儿我以前一直弃如敝屦。

"脚底下觉得暖和，"她扭头说道，"是因为地下有岩浆块的原因。"我停下脚步，享受热气直透鞋子的感觉。

"早晨一起床就暖洋洋的，感觉特别棒！"夏茉边说边推开一扇双开门，"这就是我说的'未完工程'，也是我睡觉的地方。"我刚走进来，眼前一片漆黑。

紧接着……

咔嗒！

这也太奢侈了吧！厚实的纯紫色地毯，粉色森林原木墙。熄灭的壁炉约两格宽，上面挂着油画和镶框地图。对面是一张双人床，床的一边是光盘播放机，另一边是一盆蓝色的鲜花。天花板上挂满了暗黄色方块，发出的光照亮了屋内的一切。

"这是红石灯，"夏茉说道，"由红石线路连接的。"

"哇……"我掩饰不住惊奇，"这是怎么……"

"你试试。"她说着，把拉杆前的位子让出来。

我伸手一扳。

一片漆黑。

咔嗒！

灯亮了。

我的世界：山

咔嗒！咔嗒！咔嗒！

多么有节奏感。

"你是怎么……"我问她。

"你瞧，"夏茉说着推开一扇侧门，打开被灯光笼罩着的储物柜，"就是红石和荧石。"她打开一口箱子，将一块神奇的立方体扔到我手里，"四块，八块，就这么多了。"

这还不够？！

看着躺在手心的奇妙小玩意儿，我简直怀疑自己在做梦。它竟然能把黑夜变成白昼，像是含有某种能量，还能自由控制。第一次点燃火把的经历依然历历在目，我仍能想起那时战胜黑暗的激动心情。眼前的"火把"永远不会熄灭，真的是做梦也想不到故乡世界的灯光会在这里再次点亮。原料不过就是红石和……

"荧石？"

"没见过荧石？"夏茉诧异地问道。

我摇了摇头。

"连女巫手里的也没见过？"

又是摇头。她到底杀了多少女巫？

"可费了一番工夫，"夏茉感慨道，"这才收集到足够的荧石来造第一排灯。我还以为这玩意儿会一直亮着。可当我发现了记载着红石各种用法的那本书后……"

我也有那本书。脑海里蹦出个念头：难道有许多不同版本，而我恰好漏掉了红石灯的内容？

84

"这么说吧，"夏茉侃侃而谈，"你手里拿的这块是我第一次做的，刚好就在发现下界之前。"

又是这个名字。

"下界是什么？"我问道，"你总是提它。"

"你一无所知啊？"这句话更像是个陈述句。

"你一定是困在那座孤岛上与世隔绝，所以什么都不知道。"

"下界到底是什么东西？"我不屈不挠地问。

"那里是另外一个世界，"夏茉说道，"也可以这么说，是世界的某一部分，只能通过传送门到达。"

"传送门？"这可是我梦寐以求的！"你找到传送门了吗？"

"那还有假？"夏茉挥了挥手，语气平静，未卜先知地加了一句，"但没法送咱们回家。"

我叹了口气，心中涌起深深的失望。

"我在一口废弃的矿井中找到本书，里边的内容应有尽有：如何造一扇通往下界的传送门，那儿藏着什么样的怪物，能找到什么样的宝藏，还有数不胜数的荧石，比一大堆女巫手里的还多！"说着她指了指天花板，"就这样，我收集到的荧石才能照亮这间房，而且……"她走到另外一扇双开门旁一把推开，用她短胖的方块胳膊朝主厅一挥，"总有一天要照亮整座山。"

没等她继续往下说，我便恍然大悟。

我的世界：山

"你瞧，一旦开了个头，就不能半途而废。我对这座山投入了大量心血，现在的任务就是照亮其他房间。这件事完成后就不留遗憾了。"

"有道理。"我点点头。

这话说得没错。试想一下，如果你为自己的计划投入了大量的精力和时间，要是有人招呼你一起上路，你会决然抛下家园，还有照亮整座山的雄图伟略而一走了之吗？或许可以，或许不行。比如说我，当打算离开小岛后，也花了几天工夫把一切安置妥当，万一其他旅者在我之后来到那里，也能宾至如归。给后来者留下一座"全电气化"、亮堂堂的大山，那该多威风啊！

终于，解开了这个让人心存芥蒂的谜团，我如释重负，浑身轻松愉悦，趁机提议："我帮你怎么样？跟你一起去下界，帮你收集许许多多的荧石用来做灯？"

"你可得想清楚啊，"夏茉回头望着我俩面前宽阔的天花板，"要花多长时间我心里也没底呢。"

"两个人一起合作用不了多久。再说了，没有你我还能去哪儿呢。"说着，我往前一步伸出拳头，"怎么样？"

"行，"夏茉回答道，"那太好了。"

是我的错觉吗？她说话前好像犹豫了一下。

"说定了？"她问，手却纹丝不动，"咱俩完成任务前你哪儿都不去？"

"说定了。"我回答道，晃了晃停在半空的拳头。

友则四：朋友说到做到。

"那就好。"她伸出手跟我一碰，"明天，咱们出发去下界！"

第八章

"明天？"我恨不得立刻动身，"为什么不是今天，不趁现在？"

"下界可不是说去就能去的，"夏茉迟疑了一下说道，"必须先做好万全的准备。"

"啊，没错。"我点点头喃喃自语，"方块世界自有它的章法。"对方仍然面无表情。

"照本人的做法呢，"我解释道，"想要完成任务有六个要点。首先是计划：我要做什么；接着是准备：我该怎么——"

"行了行了，"夏茉打断我的话茬，"这张任务清单肯定要考虑得万无一失，要不咱们开工以后再讨论好吗？"

我张口结舌，自尊心有点儿受伤。虽然我的动物朋友们经常在我话说一半时就自顾自地走开，但被另外一个人打断还是破天荒头一遭。

"行吧，"我心有不甘，"当然也可以用你的办法做。"

"你说的'办法'意思就是，傻乎乎地埋头苦干，一条道走到黑，无须事无巨细地做计划对吧？"

"你怎么把我想成这样呢？"我从没被人如此武断地下过结论，"你觉得我就会事无巨细做计划吗？"

可能我的语气听起来很难过，所以夏茉赶紧改了个说法。"这么做也没错，"她的话里明显带着息事宁人的意思，"我俩就是方式有别，应该彼此尊重。"

"完全赞同。"我顺着她的话说道，"说真的，我又确立了一条新的友则！"

"友则？"夏茉疑惑地问，可能怕我接下来的话不太友好。

"朋友原则！"我开诚布公地说道，"当然咱俩还算不上朋友……我很尊重这一点。它们是我从亲身经验中总结出来的道理，有机会我好好跟你谈谈。"

夏茉很长时间没有作声，然后语气平淡地说道："我很乐意。"

"那太好了！"听了这话我兴奋不已，"不过眼下咱们还是先想想该准备些什么，你说对不对？例如需要什么工具，带什么食物……"

"和睡觉。"夏茉加上一句。

"你说什么？"

"白天过去大半了，"夏茉指着墙上的钟，"去下界前你需要好好安睡一夜。"

"我们不能到那儿再睡吗？"我问道。

"要是你觉得跟床一起炸成碎片也没关系。"还没等我有所反应，她便举起一只手制止我开口，"那本书里说的，不管作者是不是开玩笑，咱们都别冒这个险。"

"我相信你说……不对，他说的话。"跟床一起炸成碎片是什么意思？那个神秘的新世界里还有什么危险在对我们虎视眈眈？

"最好这样。"夏茉用她一贯典型的"公事公办"的语气说道，"咱们还能匀出时间做酿造工作。"

"酿酒？"我误解了她的意思，"就像咱们原来世界里那种喝了后便傻笑，走路东倒西歪，有时候吐得一塌糊涂的东西？"

"不是，"夏茉说道，带我沿着阳台一路走着，"这么说吧，酿造的药水有夜视、加快脚力、防火等功能。"

"得了吧，"我笑话她，根本不相信有这种好事，"又不是超能力。"

"等着瞧，"夏茉揶揄道。她进的这个房间由一种白底带黑点的石头砌成（后来我从夏茉那本书里知道它叫"闪长岩"）。开始我还以为又是一间浴室，因为最先跃入眼帘的是角落里一口四格乘四格的水池。等夏茉闪到一边后，我才发现池子旁边有个奇怪的新装置：中央是一根水平的杆子，有一格高，不断地由橙色变成黄色；四周有三个台子，扁扁的石头基座下方挂着空金属钩。

"这就是酿造台，"夏茉解释道，把手伸进房间里的一口储物箱，"我就在这儿干活。"说着掏出一个透明的小瓶子，跟我第一次用玻璃偶然做出的一样。至于里面的液体嘛……我就只用来装水，假如身体没脱水，这东西有什么用？然而这个瓶子里的药水是粉红色的，还闪闪发光！

"这瓶应该可以了，"她说着又带上我往回走，路过她的卧室，走下楼梯，途经主厅那一层，最后来到大山的出口处。

"这是什么药水？"她推开两扇门时我有点儿不耐烦地问道。一股热气扑面而来，我明白夏茉可不是回来找熔岩拉杆的。她静静地站着，离熔岩瀑布只有一格远。

她打开瓶盖拿到唇边，说道："看好了！"然后——咚咚咚地喝下去——"学着点儿。"

紧接着，她一步就跨进了熔岩里！

"夏茉！"我一个箭步冲上前，伸出手去拉她，但手指尖马上就被烫了一下，"夏茉，千万不要……"

"别担心。"熊熊烈焰中传来一阵清晰可辨的爽朗笑声，"我好着呢。"

她真的毫发无伤！从火海中走出来，她轻轻拍了我后背一下。她没受伤，更没有烧焦！放在我胸前的手还感觉凉凉的！

"天哪……"我倒吸一口气，充满激情地感叹道，"不可思议……难以置信！"

"这是抗火药水，"她晃着空瓶子大声说，"咱们能酿造的药水品种可多啦！"

"咱们能行吗？"我只能问出一句话，"我能试试不？"

语气就像个孩子，难怪夏茉哈哈大笑起来。其实我心里想的是："拜托！什么神奇药水？你可别头脑发昏啊！"

"那就来吧，"夏茉说道，领着我回到她的实验室（她自己称之为"劳作室"）。

好了，如果你对酿造药水的步骤了如指掌，则大可以跳过这一步，我应该不会生气的。但假如你一无所知，从没亲手把几种原料配制成有超能力的药水，还是认真听听它的做法。

首先，需要找齐几样基本原料：玻璃瓶、水，还有一种叫"下界疣"的东西，这是一种红色真菌，生长在——你猜对了，就是下界。夏茉还移植了一些下界疣到大山的"黑暗农场"里。

酿造台的工作原理和世界上其他设备的差不多。上边的容器是进料口，下边三个容器底部接着瓶子。

我的工作就是从上边把下界疣放进去，剩下的事就交给瓶子和酿造台了。

出来的成品看着跟水没什么不同。夏茉解释说这仅仅算是"平凡的药水"，是各种药水的基础，想加什么就加什么。

举几个例子，有一种叫"岩浆膏"的东西有抗火效果，河豚能帮你在水下呼吸；还有糖——就是普通糖——能让你双腿健步如飞。

好吧，可能我有点儿夸张，但亲身感受一下确实如此！我将一大把白色小颗粒放进酿造台顶部的槽口里，观察气泡反应，然后举起闪闪发光的蓝色瓶子等着夏茉的夸奖。

"干吗停在初级？"她从房间里跑出来问道。

"还有更高级的吗？"我冲她嚷嚷。仿佛是回应我的问题，远处一口箱子吱吱嘎嘎地打开了。

"就放下一小撮荧石而已，"说着她手里捧着一把珍贵的东西小跑回房间里，"我知道有点儿浪费，但要不了多久咱们就能弄到好多了。"

荧石一放进去，酿造台便开始冒泡。

"还等什么呢？"话音没落她就已经出了门。我跟在后面顺着走廊来到前门，等着她关闭熔岩流。"别跑太远。"夏茉提醒我。滚烫的熔岩瀑布消失了，一阵寒意袭来。"药水撑不了多久的，没额外加进红石的话，有效时间就那么长。"

正常来说，我应该问问怎么才能延长时间，然后回实验室把能延时的成分加进去就行了。可当时我根本顾不上考虑时间的问题。

耐心，有时候最讨厌听到这个词。

咕嘟，咕嘟，咕嘟。

味道很甜——毫无疑问是加了糖的原因，还有一点点碳酸味。

"感觉没什么区别。"我说道，低头看着脚丫子。我这是在盼望什么呢？难道希望脚上长出翅膀来？

"跑起来就不一样了。"夏茉一把将我推出门，"试试看！"

我小心翼翼地向前迈出一步，接着又迈出一步，然后是第三步，接着是……

我的世界：山

"哇！"

我竟然健步如飞，在雪地上疾驰起来！就像一位超级英雄，古代神话里的上仙！我顾不上冰冷的空气钻进鼻孔，刺痛眼睛，扎进肺里。太神奇了，简直是神行太保！

"神了！"我狂吼着，喊出的声音被远远抛在身后，"天哪！"

就跟坐在疾驰的列车上向窗外眺望似的，左右两边的大地嗖嗖地后退，我目不暇接，呼吸急促。树木与山川从眼前风驰电掣般掠过。

突然间，前方腾起一团黑压压的东西，是森林！到底走了多远呢？刚才欣喜若狂的几秒钟里，我跨过了多长距离啊！

现在我身处何方？回去找夏茉吗？冰屋哪儿去了？

我又往两边瞅了瞅，就只有一会儿没注意前方。

砰！

有个东西正好撞在我的大饼脸上。

"哎呀！"我哀号一声，从这个突如其来的东西上反弹回来。倒是没受伤，我还笑了，什么意外都影响不了我亢奋的心情。

"太棒了！"我吼了一嗓子，然后又嚷嚷了一句，"太棒了！"我朝那里狂奔——落日的方向！

我向着远方的大山出发，心里盘算着到那儿不过就是几秒钟的事。

可接下来嘛……

你们有没有看过一部漫画，兔子吃了一种神奇的胡萝卜后变成了超级英雄？我看过。虽然很多细节记不清了，但有个情节印象很深：兔子飞到半空的时候，突然能量耗尽，如同卡壳的飞机一般。

突突突突。

药水的效果慢慢消失，耳边充斥着这个声音，眼前飞速疾驰的世界也慢了下来，就像蜗牛缓缓爬行。

"不妙。"我惊叫一声，太阳已经沉入地平线下。夏茉不是告诫我别跑太远吗？好好听朋友的话不是我的原则吗？

"没事没事。"我心里说。四周气温骤降，我禁不住瑟瑟发抖。剩下的路只能靠双脚走回去了。

咕噜！肚子叫了一声。

药水的效果已经彻底消失了。

"没事没事。"我心里又说了一句，伸手往腰间拿吃的。

空空如也。

全身上下，一无所有。

不仅仅是食物，连同工具、武器，而且我又打了个哆嗦，提醒我连盔甲都没披挂。所有的装备都留在了客房的储物箱里。我就这么赤条条地跑了出来，身上的衣服是画上去的，简直是头脑发热！

"咕噜！"

这次可不是我的肚子在叫。

我赶快来了个一百八十度的大转身，身后赫然站着一具

我的世界：山

僵尸！

"咕噜！"

它往前一扑，我一闪。

"咕噜！"左边又多了一具。

我拔脚朝山那边跑去，沉重的双腿好似陷进糖浆里，又冷又饿又……

嗖的一声！

一支箭穿透肩膀，我受伤了！

别慌，我对自己说道，无数箭镞掠过空中向我射来，我忽左忽右蛇形前进。只要集中精神，保持警觉，我就一定能脱身。

突然，就在我鼻尖前头，一个苦力怕冒了出来，带着可怕的嘶嘶声。

我纵身一跃！

爆炸掀起的气浪把我在半空中抛向前方。剧痛！

快到了……

"咕噜咕噜！"越来越多的僵尸不断地涌现出来，挡住我回山上的路。

奋勇前进！可是该往左还是往右？

僵尸身后又冒出一个怪物，体形更小，难道是具半身食尸鬼？我差点儿没吓昏过去。

不对！也没那么小——因为距离太远。可是速度很快，转眼就靠近了！

是夏茉！

她在僵尸堆里杀出一条血路，钻石剑在月亮下闪着寒光。

"接着！"她大喊着，扔给我两瓶药水。

第一瓶的味道很恶心，齁咸齁咸，还酸得我直咧嘴。舌头好像刚舔了一节腐蚀的电池。然而一瞬间后我便毫不介意了——所有的伤口即刻痊愈了，真的是立竿见影！

是瞬时治疗！

"哇，"我边说边咂嘴，"这玩意儿也太神奇——"

"小心！"夏茉大吼一声，一具僵尸被她刺中后化成了一缕烟，"把另外一瓶也喝了！"

问都不用问另外一瓶是什么药水。带着气泡的甜水流进喉咙后，我一个箭步就跑回了山上。

"啊啊啊哈哈哈！"我超过蜘蛛、苦力怕和趔趄踉跄的僵尸，"快来抓我呀！"

山门大敞着，我一个急刹车在门口停下来，想好好逗逗那些慢得像老牛拉破车一样的尾巴，可这句话根本没来得及说出口。

"我当时怎么告诉你的？！"迎面撞上夏茉的脸，她肯定跟在我身后只有半步之遥，"你脑袋里想什么呢？！"

"我……没想什么。"我不敢看她，垂头丧气地说道。

"我就说呢！"她吐了口唾沫，身后怪物们的哀号声越来越大，"快！"

大门在我们背后咔嚓一声关上了。我尴尬地站在那儿看她扳下熔岩控制连杆。"嗯，我……我太抱歉了。你明白吧，我从没体会过那种感觉。"

"我很理解，我——"

"夏茉，对不起，我打心底对你说声抱歉！"

"没关系！"她连喘带笑，"看在老天爷的分上，一次就够了。"

我也总结出第六条友则——朋友间只需道歉一次。夏茉接着说："我头一回学习酿造的时候也一样。十分理解药水带给你的感觉：天下无敌！所以那阵子难免失去理智。"

我连连点头如鸡啄米。

"一定要记住，在下界绝不能让这种事情再发生。"

"你放心。"我信誓旦旦。

"相信你。"她说着放心地笑了，递给我一堆扁扁的曲奇，"吃饱就睡觉。明天可是个大日子。"

晚饭是曲奇，旁边是神奇的药水。我把它们包好，跟着夏茉回了自己的房间。"明儿一大早我会检查你的装备，"她说着在门口站住了，"确保所需药水配备齐全。"

"下边那个世界我会碰上什么，你总得跟我说一声吧？"我问道，"让我也有个心理准备，你说对吧。"

"到了你自然就知道，"夏茉说道，紧接着她又补充一句，"相信你不会犯傻的，对不？"

我赶紧点点头。

"那你也相信我，该告诉你的时候肯定忘不了。"

"绝对相信你。"我回答道，门关上了。

友则七：朋友信任彼此。

第九章

第二天早上醒来时，那些原则依然在我脑海中萦绕。我带齐工具，穿好盔甲，全副武装，啃着曲奇来到主房时碰上了夏茉。

"早啊，伙伴。"她跟我打招呼。

伙伴！我们现在变成伙伴了！

"你的装备都齐了吧？"她上上下下打量我，"食物、箭镞、工具，再加上用来补弓的蛛丝。"

"万事俱备。"我胸有成竹地说，"除了——"

"各种各样的药水。"夏茉说着递给我一大堆闪闪发光的瓶子，"这些都是增强型和延时型的，"她说道，又递给我几个装着普通水的瓶子，"一般来说你用不上它们，可是在炎热的环境下，多喝点儿水能让你精神振奋。"

"下边热吗？"我的精神为之一振，"热死总比冻死好。"

夏茉笑弯了腰，"一踏进去你就不会这么想了。"她领着我来到一扇铁门前，山上唯独这道门是铁的，"这扇门一定要锁紧了，以防坏人尾随我们回来。"

"坏人？"我好奇地问道。但她什么都没说，只是扳下连杆。

铁门开了，我随着夏茉的步伐走进一间由灰色石头搭砌而成的简朴房子，里面是我生平头一回见的新奇玩意儿。四格乘四格那么大的巨型相框，由纯黑曜石打造。相框里面装的不是油画，而是某种能量——我只能找到这个最贴切的字眼来形容了。中间的粉紫色旋涡将不知从哪里冒出来的深紫色火花吸了进去，发出一种高亢刺耳的声音。

它在呼吸？是活的？

"传送门？"

"是传送门。"

即使隔着六格远的距离，我也能清清楚楚地感觉到脉冲波，震得我牙根发麻、头发倒竖。而且我的鼻子闻到了若有若无的臭味。

"下界岩？"

夏茉点点头："传送门经常打开着，所以你总是能感觉到一阵阵的热气。"

她说得没错。传送门辐射出来的能量高温干燥，如同沙漠里的微风。

"过传送门的时候的确很不舒服，"夏茉提醒我，往门那儿又走近一步，"要是你晕车就更难受。"

是吗？前半生的记忆很模糊，我晕车吗？晕机吗？在矿车或者船上倒没什么感觉——不过可能不算数，因为这里的大海水平如镜。

"你会忍不住想动，"夏茉接着说道，"但千万别动，要不然会打断传送的。只要老老实实待着，忍耐几秒钟就行了。"

"明白。"我答应的时候语气坚定，心里却有些发虚。

"一起走吧，"夏茉招呼我，"一切听我指挥。"

我跟她并肩而立，时刻准备迈出第一步，或许也是最后一步。

"三，"她倒数起来，"二……"

唉，这个世界真是的，就算害怕也没法手牵手！

"一！"

一踏进旋涡，眼前的景象顿时扭曲了。我感到皮肤灼痛，胃里的东西不断往上翻涌，一直冲到了胸口。我想大口呼吸，但空气又热又闷，阵阵恶臭冲进鼻腔。

巨大的噪声震耳欲聋，敲打着耳膜。我极力跟内心喷涌而出想挪一挪的冲动做斗争，强迫自己保持镇定。

传送门里的空间扭曲变形。然而这幅令人作呕的景象突然一闪之间变成了平静不变的紫色，接着又换成了另外一幅景象：斑驳的黑暗中带着垂直的橙色线条。

"走！"我听见夏茉吼了一声，于是摇摇晃晃地往前走了几步。

"停！"

我站住了。

"往下看。"

我乖乖照做，发现自己站在悬崖边，脚下是一片汪洋——货真价实的熔岩海！我慌不择路地往后退，正好撞上夏茉。

"小心传送门！"她喊了一嗓子。但我头昏脑涨，没反应过来。

"我不能——"我正要说话，却被一阵咳嗽打断了思路。

"花几分钟定定神就好了。"夏茉走到我面前说，"我敢保证，你迟早会习惯酷热和臭味的。"

"我的眼睛出问题了吗？"我问道，她身后是无边的沉沉暮色。

"眼睛没事。"她心平气和地回答，"这里本就如此。"

一秒钟后，我才恍然大悟。由于两个人挨得近，所以我能清清楚楚地看见夏茉，但脚下这片土地却彻底把我看蒙了。

是下界岩。它一直延伸到一个如同巨大洞穴的地方。

她没开玩笑，这里热极了！就像有一台烤炉在我的盔甲里，烫着我的皮肤，烤着我的肺。凶猛肆虐的干燥野兽把我身体里的水分都夺走了。我眼睛干涸、喉咙爆裂，想咽口唾沫，却又咳嗽起来。

"给你，"夏茉递给我一瓶水，"就知道对你有帮助。"

她说得没错。我从没这么渴过，想喝水的愿望压过了一切。

"可惜我们不能小口小口慢慢抿。"看着我贪婪地把瓶子里的甘露一饮而尽，夏茉沉思道，"解渴除了提振精神外没有其他作用。对这种精神补品来说，按照人头定量配给不是挺好吗？"收拾瓶子的时候，我看见夏茉手持弓箭，眼神警惕地打量着四周。

"发现什么了？"我问道，手不由自主地触碰了弓弦。

"来了我告诉你。"她说着把弓换成了药水，"现在首先需要有个好视野。"

她喝的是夜视药水。

我伸手从腰间掏出个一模一样、闪着粉色光芒的瓶子。味道还不错，像带点儿金属味的胡萝卜汽水。我把药水一口气吞进肚子里，周围的世界瞬间亮了，我屏住呼吸。

忽明忽暗的薄雾渐渐消散，呈现出一种朦胧的粉红色。这儿是个洞穴，好一个地下世界！原来那些稀稀拉拉发出亮光的直线其实是熔岩流，从下界岩顶端倾泻进熔岩汪洋之中。

下界岩山脉如同巨大的石笋，从熊熊燃烧的火海中突兀而出，与顶部连成一体，连接它们的是中央的几块平原。我们现在所处的位置就是半空中的一小块土地，比六格面积大不了多少。

"挑这个落脚点可不能怪我，"夏茉说道，"传送门的地点是一块随机的浮岛，在哪儿着陆没得选。"

浮岛？

我抬头看了看其他几座静静飘浮在半空中的下界岩，像是这辈子头一次出家门。我们两个人就站在类似的一块下界岩上，像火海中的一粒尘埃！

"哇，天哪！"头晕目眩之下我哀号一声。酷热和恶臭已经够糟糕的了，新获得的夜视能力给我带来的感觉，就如同不知道自己在黑灯瞎火中走钢丝的人，突然间四周一片大亮。

"别担心，"夏茉说道，指着我身后，"我们与大陆是紧密相连的。"

她所谓的"紧密相连"，不过是指有座很细很长很吓人的下界岩"桥"，连接着我们这颗尘埃和大陆边缘。

"你跟我说着玩儿的吧。"我心里想，感觉比吃了一顿僵尸腐肉还反胃。

"我们走吧。"同伴精神抖擞地说道，信心满满大踏步走向连接处。我立刻想到了"死亡陷阱桥"。

"呃，夏茉，"我望着她身后那座摇摇欲坠的桥，战战兢兢地开口说道，"我有点儿恐惧症……你懂的……嗯……我觉得那些让人害怕，但实际上对你无害的东西算不上真正的恐惧症，例如家里那些小蜘蛛，虽然有毛骨悚然的长腿但嘴很小所以没办法——"

"盖伊！"夏茉打断了我，"你到底想说什么？"我结结巴巴，前言不搭后语。现在面临两个困难，不单单是要过桥，还得承认我胆小如鼠！

我从没这么狼狈过：要将自己的弱点向他人袒露无遗。如果我临阵脱逃，她会怎么看我呢？

"咱们脚下……"我嘶哑干渴的喉咙里好不容易挤出带着颤音的话，"咱们脚下有熔岩，而且是片熔岩海……要是……"

我的鼻腔刺痛，眼眶里一丝水分都没有，"要是……"

"掉下去了，"夏茉接茬说道，往我右边一站，"很好玩的，我都洗过很多次热水澡了。"说着咯咯笑起来，笑声悦耳动听令人安心。"第一次我正好掉进熔岩池子里，当时想采集熔岩用在第一口热水浴缸上。"她的鼻息喷在我的脸上，感觉那么清凉，"你可知道，那次来下界，熔岩在耳边的嘶嘶声是我永远都挥之不去的阴影。"

"这么说来……你也害怕？"

又是一阵银铃般的笑声："当然怕！谁愿意下到这个鬼地方来！如果我们不敢在其他伙伴面前承认自己内心的恐惧，怎么能互相帮助呢？"

我热泪盈眶，但这是解脱的泪水。友则八：朋友勇于承认内心的恐惧。

夏茉走过来站在我身边，护肩甲紧紧抵着我的肩膀。"放心吧，"她用安慰的语气说道，"要是有危险，我会给你一瓶防火药水。"

"要不，"我的手伸向腰带，"以防万一……"

"你能做到的。"她的语气坚定又自信，"只要保持呼吸，跟着我的动作，咱们一定能够安全通过。"

"你保证？"我吭吭哧哧地问道。

"我保证。"她说着又递给我一瓶水。夏茉的鼓励和这瓶水颇有效果。"准备好了！"我大声宣告，虽然这里面的勇气半真半假，"动身吧！"

"前进。"夏茉转身面向窄桥说道，而我尽量不往脚底下看。

四周是一片熔岩汪洋！

我全身都被高温酷热包裹着，就像走过一台巨大的热风机。

一共要走多少步？几十步？也许永远都到不了。

真高啊！就算没有熔岩，单单摔下去也能……能怎样呢？对我们这些方块人来说，死亡意味着什么？是摔得粉身碎骨，还是跟其他怪物似的化成一缕青烟？身后会留下什么遗物吗？装备还在吗？或者什么都不剩，就像从没来过？

"勇气是一份全职工作。"我默默念叨着，一遍又一遍给自己打气，"勇气是一份全职工作。"

"你念叨什么呢？"夏茉回头问道。

"没什么！"望着脚下滚滚的熔岩，我不禁倒抽一口冷气，"就是我以往的经验教训。"

"嗯，"她说着又回头瞧了我一眼，"跟我家乡的那句老话一样。"

"是什么？"

"狭路相逢勇者胜。"

"哈！"我喊了一声，正要夸她这句绝妙箴言，却紧接着又喊了一声，"哈！"因为我发现我们俩不知不觉过了桥，已经转移到了对面宽阔的安全地带。

"瞧吧，"夏茉回头对我说，"就知道你能行，我对你

我的世界：山

有信心。"

她对我有信心！

"咱们今天不用走太远。"她说着，脚下一步不停。前方看似有一堵厚实的墙，"要找的东西就在墙的另一边。"

"这儿是个全新的世界吗，"我问道，"还是在原先世界的地下？"

"可能是后者，"她答道，"但我可不想从这儿一直挖到地表去。"

"为什么呢？"

听我这么一问，她迟疑了一下。"我第二次火浴，"她指着远处山上飞流而下的熔岩瀑布说道，"其实算是淋浴了。第一次挖荧石的时候，我选的是比头顶一格高许多的地方。"

"哎呀！"我浑身哆嗦，"你认为咱们头顶还有一片熔岩海吗？"

"我可不着急去找，"夏茉说着往前走了几步，"咱们到了。"两个人站在墙脚下，旁边是个我没见过的入口。

"跟着我，"她叮嘱道，伸手抽出弓箭，"随时准备，我一喊你就跑。"

躲什么呢？

我随着她走进狭窄逼仄的隧道，在出口处停了下来，她举起了弓。难道外边有什么东西在窥伺我们吗？

"待在这儿别动！"她命令我，然后自己走出到开阔地。就在这时，我耳边好似听到外边有动静——细碎的脚步声和断气前急促的喘息声，然而夏茉不以为意。她左右环顾了一下，然后大大松了口气。"好了，"她收起武器，精神抖擞地说道，"安全了。"

我也学着她大大地松了口气，出了隧道往左一拐跟上夏茉的步伐，却迎头撞上了这世上最恐怖的生物！

一具僵尸！一头僵尸猪人！不对，严格来说，这东西，这面目可憎让人恶心的怪物，实在没法用任何词语来形容，它就像有人想见识见识极致的丑恶，于是把僵尸和猪捏到了一块儿。它浑身都是粉红色的腐肉，开裂的绿色伤口露出了灰色的骨头，简直比噩梦还可怕，而且臭气熏天，味道像腐烂的培根肉！

"嗷嗷嗷——"它嚎叫着，死气沉沉的十字形白眼珠瞪着我。

一把金剑在淡粉色的烟雾中发出阵阵寒光。

我猛地往后一跳，伸手想取下腰间的剑。

"住手！"夏茉大吼一声，一个箭步挡在我和怪物中间，"别抄家伙！"

"你疯了吗？"我喊道，"你会被——"

"它不攻击人！"夏茉轻轻把我推开，"你要是动手了，它就会把同伙全都招来对付我们！"

"我不明白——"正要反驳时，我发现夏茉闪到一边闭嘴了。僵尸猪人越聚越多，一下子来了五头这种长着猪头的"行尸走肉"，全都穿着一片一片连起来的金色盔甲，手持

我的世界：山

金色宝剑。

"我第一次来这儿的时候，"夏茉解释道，"也跟你一样抄起家伙杀了一头，然后就把它们的同伙全引来了，跟着我通过传送门上了咱们那座山。"说着她冲眼前这些怪物摇了摇头，"其实咱们不管它，就没有危害，可惜这个道理我懂得有点儿晚。"夏茉转过身看着我，"现在你明白我为什么用铁门堵住传送门的房间了吧。就是以防万一有头僵尸猪人想过来溜达溜达。哪怕是个意外也能激怒它们，一支流矢，或者其他什么东西揍了它一下……"

"其他东西？"我问道，胃里又开始翻滚，"其他东西指的是……"还没等对方回答，我又问了个新问题。

我用拳头（因为我没有手指头）指着僵尸猪人的脚："是炎热或者药水让我产生幻觉了吗？"

"都不是，"夏茉答道，"这是金靴子，闪闪发光。"

"为什么会发光？"

"不好说，我想可能是某种魔法吧。"她朝其他僵尸猪人偏了偏脑袋，有些猪人的盔甲和剑也发出亮光。

"魔法？"我又问。

"应该是。"出乎我的意料，她看样子对这事完全漠不关心。

"你不想知道是哪种魔法吗？"

"不太想，"她耸耸肩，"除非你能眨眼之间就跟它们借来瞧瞧，要不然没有其他安全的法子。"

110

"我也觉得没有。"我老老实实地承认。那些穿着亮闪闪靴子的猪人横冲直撞地走了。

先是药水，现在又是魔法！

"你还有没有发现过其他类似的东西？"我问夏茉，"像工具、武器等等，上边有附魔的？"

"还没有，"她淡淡地说道，"而且可悲的是，根本做不到。"

看着那些金光闪闪的靴子消失在薄雾中，我心中坚定了一个信念：无论如何要继续前进。前方一定有更多魔法道具，即便不能随手取得，也一定有方法可以自己动手制作它们，而且如果只是这儿才有的话，也太不公平了吧。

有个词可以用来形容我现在身处的环境，但我不愿意说出来，连想都不愿意想。它太不吉利了，况且我原来的世界里，大家都说那地方就是为了跟死人算总账的。

起码有些人对此深信不疑。我不知道自己做没做过坏事，但我知道有人干过。不过，对于那些一辈子都作恶多端的人来说，死后掉进这个黑暗酷热、与牛头马面相伴的恐怖山洞度过来生，岂不是挺公平？在我们那儿，要是碰上特别倒霉的事，也可以用"来这种地方一游"来形容。

要是我自己发现了下界，肯定有多远跑多远，跟外面那些怪物看见阳光就抱头鼠窜一个道理。

可我不是孤身一人，而且说好了要帮夏茉的。友则四：朋友说到做到。瞧，我那个世界怎么用来形容深厚的友谊呢，不就是陪着某人来这种地方也在所不辞吗？

所以，就算我身上每一处细胞都在大声疾呼："你要三思啊！"我还是提振精神，挺直后背，问夏茉："咱们出发去哪儿？"

第十章

"往这儿来。"夏茉招呼我，然后大步流星地走过下界岩沙漠。

我们绕过时不时出现的沙坑和零星冒出的火苗。每隔半分钟左右，夏茉便停下来，举手示意我别出声，然后侧耳聆听。四周一片寂静，只有臭味熏天的空气。

有一次我问她到底在听什么，得到的回答就一个："希望什么都没有。"最后我们来到一个地方，这里有巨大的倾斜柱子，拔地而起支撑着高高在上的天花板。转过拐角时，我的眼角余光瞥见了一个下界不应该有的东西。

是雪块吗？一共有两排，中间大概距离十几格远，然后在另一个开阔的平原相交。

"那是——"

"不是，"我未卜先知的伙伴回答，"其实这是一种此地出产的矿石，叫作下界石英。因为和周围环境对比鲜明，所以是绝佳的地标。”我发现每块白色石头上都插着一支火把，两排汇合处也有四块木质指路牌。

“这儿稍微不小心就迷路，”夏茉接着说道，“随时都要查看指南针。”

我赶紧低头一瞧，指针疯狂地旋转震颤，好似正在寻找回家的路。

地图也一样，标记“你”的箭头一通乱转。

“这么说，”我摇了摇头插嘴道，“除了掉进熔岩里，说不定后头还有一大群僵尸紧追不舍……”

“迷路特别危险，”夏茉做了个总结发言，“不骗你。”

我打心眼里相信她的话，而且对她更加敬重了。最早是针叶林，现在是下界；先是冰天雪地，接着是一片火海。还有什么困难是夏茉征服不了的呢？走近那些路标一看，我不禁啧啧称奇。

左边那个牌子写着“已采空”，右边写着“硕果可得”。

还有一块写着“冰立方”的牌子就在我们正前方，看着特别滑稽。

“这是什么东西？”我指着第三块牌子问道。

“到时候你就知道了。”夏茉回答，转身往“已采空”的方向走去。

“牌子上写的不完全对，”她一边沿着下界石英的方向向前走一边说道，“有座烦人的矿床，我总是到不了那儿。”

她抬手远远地一指，洞顶上熠熠生辉。就是它！荧石！看起来像一堆闪闪发光的黄色方块。

"以前这里到处都是荧石，"夏茉告诉我，"第一次来的时候，密密麻麻铺在洞顶上像一片云彩。"

"太美了。"我说道，张开想象的翅膀在心里描绘着这幅景象。

"那时候想要得到它们简直易如反掌，"夏茉接着说道，"但剩下的这小片顽固家伙们却一直在嘲弄我。"

"你真的那么需要荧石吗？"我问道，语气里没有指责，只是发自内心的好奇而已，"要是咱们从容易的方面着手，是不是能更快地完成任务？"

"这个嘛……"紧接着是久久的沉默，这不太寻常，不是夏茉的做派。终于她开口了："如果你做事就想走捷径的话……"

"说什么呢，才不是！"听了这话，我刹那间竖起了浑身的刺，"绝对不是这个意思，做什么我都会全力以赴！"

"那你帮我把'坡道'修好吧。"说着她朝我点点头，高高扬起的拳头往下一指。我本以为那里是座山，仔细一瞧才发现是个"坡道"，或者说是一段台阶，一级一级向上，在到达洞顶的半路上戛然而止。

"我使尽浑身解数也没修好，"她说道，"他们来了以后，情况就不一样了。"

"'他们'？'他们'是谁？是不是你一直想找的人？"

"咻。"声音不是夏茉的。而是从很远的地方传来的。

"这是什么——"我开口正要问。

"嘘！"夏茉举起弓，跟我身上那个指南针里发疯的指针一般，不住地瞄准各个方向。

"咻。"这个声音又响起来了，音调刺耳，夹杂着啪啪的喘息声，就像袋子漏了气。

"准备好弓箭，"夏茉悄悄说道，"留心一切动静。"

我已经张弓搭箭，双眼警惕地注视着一片薄雾。

又传来一个奇怪的声音，诡异的叫声，听了让人汗毛倒立。"呜呜呜。""什么东西？"我问了一句，夏茉回了一个名字。

"恶魂。"

"呜呜呜呜。"

"它们总是冷不丁地冒出来，"夏茉压低声音说道，"所以必须抢在前面发现它们。"

自打认识夏茉以来，我头一次听到她的语气如此紧张。

夏茉在我印象里是个坚不可摧的战士，无所不知。现在她忧心忡忡的神情让我格外害怕。

"嗷嗷嗷——"一声声尖厉的嚎叫，在棉花糖般的雾气中此起彼伏。

"四面八方都要警惕，"夏茉低声说道，"头顶、脚下——说不定它们就从哪儿窜出来了。"

"它们长什么样子？"我的喉头发紧，希望手里这张弓能保护自己。

"飘在半空中，"她答道，整个身子慢慢地转了一圈，"像个大气球。"

那个缥缈不定的呻吟声又响起来了，我的上下两排大牙直打战。

"就在咱俩脚下，"夏茉的眼神向下一瞟，"熔岩和大地中间的位置。"她手里的弓微微一沉，指向平原尽头的一线悬崖。"等着它们跳出来吧。"

我打起十二万分精神，死死地盯着她指的方向。

不过等了几秒钟而已，屏气凝神的我却感觉过了好几个小时。

"嗷——呜——"这次的声音更远更微弱了。

"它们走了，"夏茉松了口气，放下手里的弓箭，"我们还有点儿时间。"

她朝阶梯跑去，我带着满脑子的疑问紧紧跟在后面。

它们去哪儿了？怎么才能干掉它们？它们会怎么收拾我俩？

根本来不及问出口，夏茉就朝我扔了一块下界岩。"动作快点儿！它们马上就回来了！"

夏茉冲到还没完工的阶梯边缘，就在最高的那堵墙根下。"跟着我做。"她的命令不容置疑，说完话纵身向上一跃，一块下界岩刚好放在她脚下。

"真是个天才啊。"我心里暗暗赞叹，便学着她的样子，跳起来放石头，太简单了。怎么以前没想到这么干呢？我跳上升起的柱子，刚好越过最后一级台阶。

"精彩绝伦！"夏茉看着马上就要到手的荧石说道，"还有三个！"

我们冲下阶梯，重复刚才的步骤。"下界岩快用完了。"我看了看自己所剩无几的存货。

"从最下面拿就行，"夏茉说着，一溜烟跑过去搭起第三根柱子。

当！

我抓起镐子，动手在中间的基座挖了起来。

这种紫色的材料很疏松，比石头甚至土块都要好挖。只不过几秒钟，我的腰间就沉甸甸地挂上了好多下界岩。

"动作快点儿！"夏茉从刚刚砌好的台阶最高处俯身朝我喊，"咱们马上就完工了！"

"很快就来！"我吆喝了一声，把刚到手的下界岩块摞在一起，一股脑儿地扛起来去找她。

"我们动工吧！"她站在荧石边上兴奋地说道，"你采集，我负责望风。"

夏茉手持弓箭，警惕地扫视我们周围。我握着镐子狠命地凿那几十块荧石。三堆黄色的粉末蹦进我的背包，原先包里那块石头发出玻璃爆裂般的脆响。

"东西掉下来也别担心，"夏茉在我背后说道，"咱们在半空中就能接住。"

"知道了。"话音未落，又有三堆粉末落在我够不着的地方。

"你还可以在矿床底部四周放上一些下界岩，"她补充一句，"如此一来就能从不同角度挖掘——"

那种可怕的声音又响起来，听着比上次更近。

"别停下！"夏茉吼道，立刻就知道我想回头。

"怪物马上就来了！"

"嗷呜——！"

声音越来越近，越来越响。

夏茉一声"快点儿！"吓得我拼命重新挖了起来。

又一块荧石掉下来砸成粉末，接着又是一块，这还有完没完？

"啾啾！"那声音如同鸟儿的声声鸣叫，又像是马上就要调好频道的无线电台发出的蜂鸣，越来越尖，最后变成了刺耳的噪声！

我再也受不了了，猛地回头，一转身就看见夏茉手里的弓已经换成了剑，朝一个越来越近的东西挥舞着。

是个火球！这可是货真价实的燃烧弹，被她一剑刺飞。好一个漂亮的全垒打！

"就打了个六分，"她气呼呼地咕哝着，然后又换成弓箭，发现我呆呆地看着她，于是大喝一声，"快捡啊！"

我赶忙照做，转身把剩下几块给包圆儿了。

呼哧呼哧的哀嚎声回荡在我的耳边，中间夹着夏茉嗖嗖的射箭声。可能因为没有命中目标，我听见她气呼呼地嘟囔

119

着什么。

又响起带着喘息声的"呜呜"，然后变成了尖厉的"咻咻咻咻！"我的耳朵里好像蹿起了噼啪响的火苗。

冷不丁听到这种声音，再加上我本来就高度紧张的神经，导致我接下来犯了一个几乎致命的错误。

耳边是夏茉利剑激烈搏斗的叮当声，我捡起最后一块荧石，又继续挖了一小会儿，直到大脑下命令让我停手。

过头了！后面疏松易碎的下界岩纷纷剥落，露出一道橙色的炽热瀑布。

"熔岩！"

如果我头脑清醒的话，本可以动手堵上的。然而恐慌使我乱了方寸。

"快跑！"

我一个急转身，和夏茉撞了个满怀，巨大的冲击力一下子就把她推下了阶梯。

"干什——"她还没说完，往我身后一瞥便立刻拔脚就跑。诡异的嚎叫声又来了，就在我右边。

是恶魂！上边是一个惨白的巨大脑袋，下边晃晃荡荡地垂着又短又粗的触手。黑色的细眯眼张开后变成了一个布满血丝的洞。血盆大口就像导弹发射器一般随时喷火。

"咻咻咻咻！"

"跳！"夏茉一个箭步跳下阶梯。我本应跟着一起跳，但脑子里一片混乱。我双脚像生了根，只是呆呆地站在原地，哆哆嗦嗦地举起盾牌。

砰！

气浪把我从阶梯上掀了下来，摔在夏茉身边，脚踝也摔裂了。

我好不容易调匀了呼吸，定了定神，考虑起下一步该做什么。

"你在干吗？！"有人在我背上打了一拳，这次是夏茉，逼我赶紧采取行动，"熔岩来了！"

差点儿忘了这事。再耽误一会儿我非死在铺天盖地涌来的熔岩里不可。

"赶快过这个坑！"夏茉大喊一声，在我们前方的浅坑跳进跳出。

"咻！"爆炸气浪击中我的后背，火苗穿透盔甲，震碎了骨头。我被掀到了熊熊燃烧的下界岩坑里。

一片火海。

我的呼吸道呛了，大口喘气，到处都是攒动的火苗。

"盖伊！"夏茉在喊我。一支箭嗖地擦着我头皮飞过去，"往这儿来！"

我三步并作两步追了上去，在柱子后头的拐角与她会合。

"把这个喝了！"眼前是个闪闪发光的瓶子，入口齁咸齁咸的，是治疗药水的味道。

"好点儿了吗？"

"好多了，"我喘着粗气回答，没想到药水的效果如此神速，"太谢谢你了！"

"拿着，"说着她又递给我一瓶夜视药水，"第一桶快见底了，发起总攻前咱们得再满上。"

"总攻？"我心中顿时感觉不妙，"你想杀了恶魂？"

"不是，"她眼珠一转盯着我，"你动手。"

"什……什么？"我的舌头都大了一圈。这时，从一个角落处传来一阵让人心惊胆战的吼叫声。

"盖伊，你能行的。"夏茉的声音充满信心，虽然我听出来里边还有一丝恨铁不成钢的恼怒，"我吸引它的火力，你在后边趁对方不注意进行偷袭，一下子结果它。"

"可咱们为什么这么干？"我嚷嚷着，"干吗要蹚这浑水？做好应该做的事不就行了！三十六计走为上！"我不觉得这么说有什么好丢脸的，这场架没必要打。

"盖伊，"夏茉深深吸了口气，看得出来，她在极力控制自己，"你得学会对付恶魂。下界危机四伏，该长点儿本事了。"她又是一个深呼吸，"我可没法一直为你遮风挡雨，咱们得互相扶持，懂吗？"

她怎么就认为自己一定对呢？难道我现在又要学到个新道理了吗？

后面还会有越来越多的恶魂，如果不赶紧学着对付它们，迟早我会连累夏茉，她说得对。

友则九：朋友互相扶持。

"听你的！"我嘶吼着，突然间恶魂凄厉的嚎叫又在耳边响起，"你就说我该怎么做吧。"

"刚才告诉你了，"夏茉也朝我大吼，"你待在原地别动，我出去吸引它的注意力，趁对方背对你时，抄起弓箭把这个小崽子像戳气球一样干掉！"

"要是它转过身来面对我——"

夏茉已经手持利剑像阵风似的跑到开阔地，大无畏地喊了一声："我来了！"

"咻咻咻咻！"我四处探了探头，正好看见这头怪物吐出一个火球。

夏茉没有硬拼，而是往旁边一闪，一个转身避开。火球在一旁爆炸，她毫发无伤。

"瞧你这个小瘪气球！"她哈哈大笑，唱起一首歌，歌词内容是一只奔跑的兔子。

"咻咻咻咻！"

火球连珠炮似的喷出来，险象环生。夏茉忽左忽右地绕了个半圆，使恶魂的脸扭过去背对着我："兔子，赶快跑！跑起来啊，兔子！跑跑跑！"

我被她的沉着冷静和勇敢无畏的精神所折服，怀着崇拜的心情瞧了最少半分钟，这才反应过来自己浪费了宝贵的时间。

我走到空地上，拉开弓，屏息凝神瞄准目标。虽然这头怪物身形魁梧而且行动迟缓，但很难瞄准。它一会儿上升一会儿下降，一下飘到这儿一下飘到那儿，要精准定位也不那么容易。

我的世界：山

　　嗖！我第一箭落在它的触手下面。"高点儿！"夏茉喊道，一闪身躲开一个火球，"往它要去的方向射！"第二箭我采纳了她的建议，提前锁定了目标。嗖！

　　它往左一飘，我往右瞄准，又没中。

　　"要领掌握了！继续射！"夏茉的声音和信心支撑着我，她相信我是个可造之才。

　　我又一次拉满弓，屏息凝气。那个白花花的气球怪物慢慢往我这个方向飘来，我紧张得倒抽一口冷气。它黑色的眼眶瞪着血红色的眼珠，紧闭的嘴巴大张成了圆形。

　　"放箭！"

　　嗖！

　　"咻咻咻！"

　　箭一离弦，我们便往旁边一闪，避过了它发射的火球。

　　可它没躲过我的箭。

　　带着爆裂的嘶嘶声，怪物砰的一声炸开了。恶魂灰飞烟灭后，一个近乎椭圆形的、又小又亮的东西落在夏茉脚边。

　　"恶魂之泪，"她跑上来给我看这个水晶似的战利品，"是再生药水的主要成分，与治疗药水有点儿不同，以后慢慢跟你解释。"

　　"真酷。"我说道，心里对刚才发生的一切还有些不知所措。

　　"你拿着吧，"她说着把战利品递给我，"这是你应得的东西。"接着，她轻轻拍了拍我的肩膀称赞道，"盖伊，你生平第一次杀了一头恶魂！"

"是啊，"我这才反应过来，点头回答道，"旗开得胜，哈哈！"

按理说，我们应该来个拥抱庆祝一下，但现在这种形势只能碰碰拳。

"我就知道你肯定行！"她的话让我马上昂首挺胸，仿佛顿时高了十格。

"咱们现在去哪儿？"我追问道，意气风发地面对这个酷热世界的一切挑战。

"回山上，"夏茉边说边往石英小道走去，"今天的胜利果实够我们享用一阵子了。"

"真的要回去？"听到这话，我像泄了气的皮球，失望极了，"我们不继续前进吗？"

"咱们必须休整一下，"夏茉提醒我，"还要庆祝庆祝！事实证明咱们能够互相扶持，团结起来更强大。盖伊，咱俩现在是一条船上的战友了。"

"那还用说。"我摇头晃脑，好像喝了一剂飘浮药水一般，禁不住飘飘然。

夏茉的话使我又总结出一条友则：朋友团结起来更强大。它引发了我一连串的思绪：我们为什么需要朋友？不仅仅为了互相陪伴，还有实际需要！毫无疑问，如果我们生活在史前森林里，可不会说："伙计，你太威风了，咱们出去遛遛吧。"更有可能是："伙计，今晚没吃的了，你盯着狮子，我去摘

125

些浆果。"

　　无论在远古时代还是现代，友谊都是一种生存技能。我们已经不用战战兢兢害怕狮子了，但我们依然面临各种艰巨挑战，有时候甚至生死攸关。如果身边有人与我们共患难，那么我们会更加容易迈过这个坎。

　　友则十：朋友团结起来更加强大。

第十一章

通过传送门时，天旋地转的紫色旋涡害得我头晕目眩、鼻酸打嗝，不过我根本不在乎。回到夏茉的山上后，不夸张地说，我感觉自己仿佛站在世界之巅。踏出传送区，主厅里各种鲜艳明媚的色彩让我眼花缭乱：蓝色的池塘、绿色的庄稼。与下界热得快爆炸的温度相比，这里的空气是那么凉爽清新。我多想在原地好好享受这一切，把肺里的热气呼出去，等体温降低，可是……

"快点儿！"夏茉从我身边嗖地往大门跑去，一下子不见了。

"怎么……"我开口正要问个明白。

"赶快！"她的声音回荡在大厅里，"趁你身上热乎劲儿还没退！"

想知道她葫芦里卖的什么药，我来到门口，正好看见她把熔岩瀑布给关了。

我的世界：山

"把盔甲脱了！"她说道，咣地推开两扇门，"你肯定会喜欢的！"

我刚把头盔和胸甲脱掉，冷空气便劈头盖脸地袭来。

"哇，"我一声惊呼，细细品味这清爽的凉意，"倒要看看你想……"

可她又跑走了！她一下子蹚过雪地，一直到了冰封的河面上。

"哎哎，"我说，上气不接下气，"你可千万别——"

"快来！"眼睁睁地看着她跳下河岸不见了，然后是一阵镐子凿击冰面的叮叮当当声，非常急促。

"还愣着干……"夏茉正说着，就听"哗啦"一声，然后是她气喘吁吁地接了一句"什……什么！"

"疯丫头，"我气呼呼地一溜小跑跟在她后面，"我要是学她，那岂不是更疯？"

我在雪地里艰难地跋涉几步后，低头看到夏茉正站在一口齐腰深、刚开挖出来的池塘里。

"快下来！"她大喊着，"别婆婆妈妈的！"

不用多想。跟屏住呼吸一样简单！

但我也不想就这么下去，于是冲上冰面然后纵身一跃。

扑通！

我一个猛子扎到池底，从泥里爬出来，浮出水面后不禁大叫一声："哇！"

"很痛快吧！"夏茉问道。我扑腾着，呼呼喘着粗气，

128

哕哕嗦嗦说不出一句完整的话。

"啊啊啊呀呀呀噫噫噫……"我只能发出这些声音来。

"我第一次从下界回来的时候,"夏茉朝我泼了一掬水,"当时差点儿没热死。可随即想起来咱们原先的世界上有些人——是我邻近的某个国家吗?——为了健康,从桑拿房出来后直接进行冷水浴。"

"噫噫噫呀,"我浑身哆嗦如筛糠,"很……很……健……康。"

夏茉和我对望着哈哈大笑起来。朋友间的会心一笑——好吧,至少我已经把她当朋友看了——真是畅快淋漓。

"能活着从下界回来是最开心的事,"夏茉接着说道,"你会真心觉得咱们生活的地方太美好了。"

说到这个我可有发言权了,还能引经据典来感恩我们拥有的一切,尤其是我们拥有大自然美好的一切。花草树木的香味,微风在脸上吹拂;抬头望去,天空中白云懒洋洋地舒展;明媚的阳光,湛蓝的天空,失去后才懂得的珍惜——我能发表一通长篇大论。可还没开口,我的肚子抢先发难了。

咕噜噜。

"没想到你这么饿,"夏茉一边调侃我,一边从河里爬出来,"下界的炎热让人没有食欲。再加上跑了一天,跟怪物搏斗,我也饿了。"

她一点儿也没夸张,不仅仅是冰冷的河水冻得我直打寒战,嘴里一股非同寻常的口臭也催促我赶紧动身。

我的世界：山

"该来一顿庆功宴了。"我们走回山上时，夏茉喜气洋洋地宣布。

"太棒了！"我欢呼起来。面包、烤马铃薯、曲奇……

"鸡肉！"夏茉几乎飞进了屋里，"最棒的就是一只烤得焦脆的鸡！"

听见这话我立马没了胃口。我可不想跟上次早餐一样，被迫吃羊肉。想到这儿，我觉得有点儿恶心。

"好，那走吧。"夏茉带着我出了大厅，穿过主房，又过了一道对开门。

"先喂饱它们，然后让它们喂饱咱们！"

我咽了一下唾沫，深深呼吸了一口清爽的空气。

"这条路下去就是鸡舍。"说着夏茉已经来到另外一条走廊，两边都是门。

"这个……"我盘算着怎么开口，怎么脚底抹油，怎么才解释得通。

"怎么了？"夏茉问道，放慢了脚步。

"这个，"我支支吾吾地说道，"就是……"忽然，我的目光往下一瞟，看见右边一扇门开着，里面是一个黑洞洞、空荡荡的房间，有光滑的石头地板，墙上插着红石火把，还有一行行的——

蘑菇！

"就是觉得蘑菇汤更好喝！"我来了底气，"其实，既然咱们能采蘑菇，干吗还要费那么大劲去杀生和烹煮——"

"你肯定是开玩笑吧，"夏茉当着我的面乐了，"黏糊糊的蘑菇汤？那个玩意儿白给我我都不吃，除非跟兔子一起炖。"

"你喜欢吗？在打猎的地方架口锅，里面炖着兔子和胡萝卜，还有——"

"不要，"我吓得咽了口唾沫，"我可不要，谢谢。"

"那好，"她说着继续一溜小跑，"赶快去找咯咯叫的家伙吧。"

虽然我表面上看起来不动声色，但其实心里已经连连叫苦了！

她会生气的！如果我实话实说，肯定会惹恼她，夏茉一怒之下说不定就把我赶出去了！

"到了。"她说着打开走廊尽头的一扇门。

我们可是刚刚变成朋友的啊！一起冒险，一起庆祝胜利，怎么在这节骨眼儿上发生这种事！

我跟着她进了一个又小又窄的房间，里面家徒四壁只有几支火把，还有个前门，侧面凹进去的地方嵌着两口箱子。"通常我一星期喂它们一次。"她说着打开箱子，拿出两丛嫩绿色的种子，"除非我饿得前胸贴后背。"

"要是我不告诉她的话……"我思忖着，心里升起一种罪恶感。

先这么着吧，下不为例。

"这边来，"夏茉递给我一把种子，然后从第二个门后退几格，"小心些，"她说道，从腰间抽出一把铁斧，"有

我的世界：山

时候它们会一哄而散。"

千万别惹恼她，天会塌的！

门开了，一阵嘈杂的咯咯叫声夹着扑鼻而来的鸡毛味。

我的鸡都养在外面，所以没想到一个小房间里能挤下这么多鸡。房间里的臭味儿熏人，不过倒也不是很糟糕，像枕头的味道。正常情况下我是不在乎的，但此时此刻我却感到天旋地转，胃里剧烈翻腾……这么说吧，要是它们还会在这儿拉屎，那简直想都不敢想。

大约有十来只鸡。有的在泥地上啄个不停，有的在中央池塘里扑腾，池子里竟然还有个小岛，上面立着一棵树。"它们特别喜欢游泳，"夏茉说着走到墙边的栏杆旁，"喜欢新鲜空气。"

呼！

冷空气从墙上两个铁栅栏孔里冲进来，清爽的感觉让我精神为之一振，劲头十足。

我能行的，随他去吧，不过是忍耐一下而已。

我拿着种子，鸡群不停地啄我的手心。

总比失去夏茉的友谊好，对不对？只要能保住朋友与和气，怎么都行。

它们的眼睛像个小黑豆，满怀信任。跟我岛上那些鸡一样。它们压根儿不知道接下来我会干什么……

"该动手了，"夏茉说道，来了四只咯咯叫的小鸡，"够我们吃的了。"

我把目光移到别处，假装看不见。

斧子在她手上，我能不能捂上耳朵别听呢？

寒光闪闪的斧子竟然递到了我面前！

"你来动手。"她的语气平淡，好像我们正在拔麦子。

只要唰唰几下就干完了，眨眼间的事。

我朝第一只鸡走过去。

你可以的……

它抬起头望着我。

你……

瞧那双眼睛……

"我下不了手！"

我扭头跟夏茉说道，斧子当啷一声掉在地上。

"你说什么？"

我的喉咙发干、心脏狂跳、汗如雨下，眼睛被汗水刺得生疼。

"对不起，我下不了手！不忍心杀它们！我不能为了吃肉去杀别的动物！以前我在岛上也养鸡，它们又温顺又听话。我满以为自己能好好照料它们，没想到……却杀了它们，几乎杀了个精光。虽然我放走了几只，但没剩下多少……我很内疚，无法释怀！当然，这听起来有点儿虚伪，毕竟箭尾都是用羽毛造的，所以它们跑的时候，我左右为难。没错，我是吃了兔子，但它死于意外，另外那头绵羊也是狼咬死的。如果我饿极了，也有可能下矿井捞鱼。但如果我没有挨饿，就不会为了吃肉

133

而杀死其他动物。我做不到，永远都做不到！"

对方沉默不语。

然后……

"好吧。"

"好吧？"

夏茉耸耸肩："你要是不想吃肉，就别吃呗。"

"我这么做你不反对就成。"

"怎么会呢？！"我的脑袋摇得像拨浪鼓，"不会的，没关系……别让我看着你动手就行了。"

"当然没问题。"夏茉指了指门口，"在外边等着，要是不想听见声音还可以去厨房。"

"好的。"又是一阵沉默，我的心脏怦怦直跳，"你确定这样可以吗？"

"为什么不行？"夏茉问道，平静地检查了下斧子，"既然你尊重我的人生选择，为什么我不能尊重你的呢？"

简简单单，明明白白！朋友尊重彼此的选择。

我扭头往门口走去。

"盖伊，等一下……"

我扭过头。

"下次如果想跟我说什么事，直接说就行了，不用犹犹豫豫的。"

"知道了。"我说着关上了门。

往大厅去的路上，我反复琢磨着另外一个道理：朋友之间必须充分沟通。我凭空臆想出一场冲突，不直截了当地说出自己的意见，而是背地里胡思乱想。再进一步琢磨下去，我领悟到这只是次要的方面，最关键的是：朋友应当彼此敞开心扉，毫无保留。友谊怎么能够建立在谎言和隐瞒的根基上呢？根本不了解你的人又如何和你成为真正的朋友？

想通了以后，我顿时感到醍醐灌顶。和夏茉一起吃晚饭时，我把自己的心得向她竹筒倒豆子一般和盘托出。

"所以朋友之间必须敞开胸怀，坦诚相见。"

"这就是你的大道理。"夏茉咽下最后一口鸡肉后笑得东倒西歪。

"本人一直在孜孜不倦地学习。"我说着耸了耸肩，又抄起一块曲奇，"眼下我两眼一抹黑，要学习的东西太多了。山上的生活技巧，下界的生存技能，还有与你的相处之道。"

"很快你就能摸出门道来，"夏茉的语调带着一丝狡黠，但很和蔼，如果换成面部表情的话，应该等同于微笑，"用不了多长时间你就能游刃有余了。"

第十二章

还记得我在海岛上的头一个星期吗？好吧，如果你忘了也没关系。破天荒第一次，我不再像没头苍蝇似的到处瞎转悠，而是老老实实地过着有规律的生活。

这就是我的现状。但不是一星期，而是一整个月。好比你看的电影，编导把一段时间压缩成几个镜头，只有几秒钟那么长。

这种手法叫什么来着？蒙太奇对吧？想象一下那个画面。我每天早早起床，和夏茉一起吃早餐，然后带上弓箭和药水，一头扎到下界努力寻找荧石。

我们一般只去一个方向：顺着石英小道来到十字路口，一个急转弯往那片标志着"硕果可得"的方向而去。荧石随处可得，这儿一簇那儿一堆闪闪发光。有时候我们修造坡道，有时候攀爬自然形成的山坡，有时候我们还修筑"跳塔"，跳到一个合适的位置，然后把脚下的下界岩垒起来，一个人干活，另外一个人放哨，盯着恶魂。

这儿的恶魂多如牛毛！

现在回想一下，印象中总共解决了不下十个恶魂，大部分都轻而易举，有些完全靠我个人的力量。现在我对怎么消灭它们颇有心得。只需侧耳聆听它们靠近时的鸣叫，张弓搭箭在粉色的雾霭中扫视。一旦它们进入瞄准范围，我便要施展远距离射击技艺了。要预判那些行踪不定的炸弹往哪儿飘可不容易。虽然刚开始我无从下手，但只多加练习后，我便掌握了其中的诀窍。

至于与他人的相处，我也摸着一些其中的门道。夏茉还是不承认我俩是"朋友"，说是"伙伴"更合适些。我们一起冒险，一起大快朵颐，一起在冰河里游泳。我对这种生活心满意足，不想惹她生气。比如，当我偶尔说到离开大山后去哪里做什么时，总能得到这么一句话："咱们能不能只看眼前？"我知道她很实际，所以工余休息时我就聊以前在岛上的生活。我明白自己是个话痨，现在你们也对我大致有了个了解，所以我尽量把自己的经历讲得简短有趣——我喜欢听她笑。我从没想到安心与实力对生存来说如此重要。自从上岛以来，这是我最开心的日子。

过得越开心，我就越懒得继续前进。现在我承认了，也不耻于向你们承认，可我当时并没意识到这一点。我不是故意的。刚开始的时候，我做的每件事，学到的每样本领，都会自动归到大脑的知识库里，插上一个标签写着"在未来的道路上

我的世界：山

都会有帮助"。这个知识库一直跟随着我，远方的梦想在遥遥地向我招手。过了树林还有个雨林，雨林的远方是莽莽丛林，再过去就是辽阔的未知世界——全新的土地，崭新的机会。当然，我坚持不懈地怀着希望：远方还有一条回家的路。

然而，随着时间流逝，日复一日做着一样的事情，这座知识宝库越来越萎缩。要不是在月末那天突然发生了一件事，打破了这种单调乏味的日子，等我真要用上这些知识的时候，估计已经所剩无几了。

我俩刚从一趟收获颇丰的探险之旅回来，采集了一大堆萤石，足够把工作室的照明全都解决了。两个人彻夜不眠地苦干（夏茉说她的生物钟比我的准多了），所以第二天一大早回家的时候，我们都筋疲力尽，恨不得倒头就睡。

"这个世界真要命，要睡觉只能等晚上，"夏茉说着把萤石一股脑儿塞进工作室箱子里，"可咱们有个满血复活的好办法！"

"唉，算了吧，"我哀号着，看着她一路奔向大门，"算了吧！"

我知道她要去干什么，可是我一点儿心情都没有。

其实我已经习惯了下界的那种酷热。喉咙持续干渴，我在盔甲里感觉自己已经被慢慢炖熟了。我连这两样恶臭也能忍：一种是僵尸猪人的腐烂味，还有一种是无处不在的臭味，你们懂的。所以我觉得跳进冰河凉快一下也没什么用处，夏茉非常理解我的感受。

"哎呀，别那么孩子气！"她奚落着我，门厅里响起了熔岩开关的咔嗒声，"你不是挺喜欢的吗？"

她明明知道我不喜欢。在冷空气中纵身一跃，跳进更加冰冷的水里有什么意思呢？我本想在岸上旁观的，但最终还是陪着她一起下了河。一踏进冰水我就打了个寒战。

正当我准备回去冲个热水澡时，我感觉脚边有个什么东西滑了过去。

我惊叫一声，往旁边一躲，以为是条鱿鱼。虽然它们在河里很少见，但也没有绝迹。然而我却看见了一条⋯⋯

"鱼！"

"你说什么？"夏茉停止了扑腾，仔细聆听我这边的动静，"你踩着什么了？"

"瞧！"我指着那个游动着的小小身影，"看见没，是一条鱼！"

"是好几条。"她更正道。至少有三条，全都在碰到我的那条鱼前面游着。蓝色河水下能清楚地看见它们通体红色，样子和大小与我以前捉的鲑鱼类似。

"这里还有鱼？"我问道。我们以前游泳的时候没注意到它们吗？

"从没见过。"我清楚，夏茉这种没有跌宕起伏的平静语气说明她在思索，"这儿从没有过鱼，"夏茉的目光追随着冰面下的鱼儿游来游去，"除非是上钩的鱼，否则我一条都没见过。"

我的世界：山

"我也是，"我加上一句。到目前为止，水中生物我只见过鱿鱼。除非用钓竿逮住，不然水里是根本看不见鱼的踪影的。然而，现在它们冷不丁出现在我们眼前——而且还有别的东西！

"哇，你看那些植物！"我用拳头指着河底随波摇荡的一丛丛绿草，"以前底下可没有这玩意儿啊。"

夏茉没说话，只是弯下腰捧起一把散乱的绿草。

与她的沉着冷静相反，我兴奋极了。"这个世界！"我大呼小叫，展望着一幅更大的图景，"这个世界又变了！"

天知道是什么时候变的，说不定当时我们正在下界。我们已经有两个星期没出山了。在那段时间，出于某种不为人知的原因，外面的世界在不知不觉中奇迹般地改变了。

如果你在这个世界也待了很长一段时间，目睹过这些变化，你肯定能理解我说的话。如果没有，也别慌张，这就像我之前醒来后，发现左手阵阵刺痛那回一样。在此之前，左手除了辅助右手外，什么都干不了，突然间它可以单独拿东西——这实在太棒了！然而变化远不止于此。

坏处是，怪物们更难对付了。好处是，我可以造一面盾牌来降低伤害。后来我又发现了一个变化：我的船突然间带着桨出现了，之前我只能靠身子前倾才能让它往前走。但第一个变化堪称最颠覆认知，也让我学到了珍贵的一课：世界改变了，你也要与时俱进。不用我强调这一课的重要性。在"我的世界"，有多少人因为没有认识到这一点而陷入困境呢？

也许我说得不对，但我隐约记得，咱们的世界无时无刻不处于变化当中：新机器、新的行事方法、新想法。许多人因此陷入了巨大的恐惧和愤怒当中，也许他们担心自己掉队，也许对已经掌握的知识要从头学起而感到万分沮丧。然而对我来说，这是板上钉钉的事实。我确实学到了东西，而且还得到一个额外的收获：我要适应，而不是害怕。当世界改变时，你也要与时俱进，因为不管你愿不愿意，世界总是会不断变化的。现在看着鱼和水草，无数念头在我心里翻涌而起。

"你觉得还有什么改变了？"我说着从河里跳出来跑向岸边。

没看出什么不同，没有新动物和新植物，只有同样冰冷的虚空。"你觉得变化仅仅在水里吗？"我问道，"全都是水里？要不我们去海边走走，看看大海？"

如果海洋发生了变化，那外边又会变成什么样呢？我的小岛又会变成什么样？"陆地上的变化应该更加明显。"我思忖着，希望能看到雪地之外的地方，"你跟我说过的其他地方，那些我们要探索的所有土地。我们要动身了，赶紧去看看！"

"一定会的，"夏茉叹了口气，举起双手安抚我，"咱们把整座山点亮后就走。"

"你说什么？可是……"睡眠不足让我思维混乱，"可是，我们已经做了很多事：点亮了厨房、鸡舍和我的房间——"

"那是卧室。"夏茉想纠正我，"准确的用词应该是卧室。"

"随便怎么说，"我强词夺理，"关键是咱们采集到的

141

已经够多了，工作室、储物间……"

"主房间还没有。"

"一辈子也采集不到那么多！"

"可你答应过的。"

没错，我答应过。夏茉这句话就像河水一般冰冷。我得承认，朋友说到做到。"你说得对。"我叹了口气，抬头望着远方的地平线。

"盖伊，"夏茉的语气缓和下来，带着暖意，"我知道你现在想抽身离开，我也想。可是半途而废是非常不对的。况且……"她的语气中透出一丝热切，"你还没见过冰立方呢。"

"冰立方？"我扭过头，突然想起了那块路标。来到下界的第一天我曾经问过。她没有回答，后来我也没再提起过那件事。当时"硕果可得"最重要。

"我觉得你已经准备妥当了，"夏茉充满信心，"可以探索下界要塞。"

下界还有座要塞？

"我已经清理干净了几座，"她说道，"远不像在野外采集荧石那么容易。"夏茉离开河床，沿岸边走着，手里握着镐子，开始凿击下边有鱼的冰面。"还有一座要塞我没探索过，我觉得你已经准备妥当，咱们一起去。"她在开阔的冰面上停下来，把镐子换成普通斧子，"明天咱们就出发去冰立方。"

她一下一下地剁着冰。

我转变念头，想看看明天她要做些什么。

一座要塞，还有冰立方。看来我在下界还有许多冒险要完成，然后再考虑继续前行。

那天晚餐后是两个人例行的冒险前准备，这些工作可是有段日子没做了。就在这时，我突然想起了挂在墙上的那些画。

我已经好长时间没怎么在意它们了。刚开始我被意想不到的新情况弄得完全不知所措，所以我在前面的章节中只顺带提了一嘴。这幅画跟我家的那幅一模一样！苦力怕，站在山顶的男人，还有电子游戏《国王的密使》里的角色格雷姆国王，身形消瘦、棱角分明。

怎么会呢？为什么夏茉能和我画出一模一样的形象？难道这个世界里相同画布上的内容是一样的吗？或者是被埋葬的记忆？我在这两种想法之间举棋不定，但怎么也想不通哪一个更接近事实。如果这些画面真的来自我们的潜意识的话，意味着夏茉和我的人生高度重合。这就解释了苦力怕的出现，还有山顶上的人和格雷姆国王。难道我们在真实世界里见过？果真如此的话，这一切仅仅是巧合吗？

那天晚上，我脑子里全是格雷姆国王，睡觉前不知道盯着他看了多久。为什么是个电子游戏？为什么偏偏是这个游戏，这个角色？当时在岛上，我想起了电脑对自己的重要性。电脑对我来说也许是工作，也许是休闲，说不准。但我知道很重要，非常重要。如果夏茉的脑海中也曾浮现出和我相同的画面，那么电脑对她来说也很重要。

我的世界：山

"百思不得其解，"我盯着格雷姆说道，"有那么多疑团，却没有一个答案。"

第十三章

还有一个疑团，非常大的疑团。那天晚上在我的梦境里再度浮现。我有阵子没做梦了，就是做了也记不起内容。做梦不就是这样吗？每天晚上都做梦，但大多数都忘了。这个梦也一样，只记得一部分，画面模糊，没有色彩。我坐在屏幕前，拼命敲打键盘，还在平面上滑动着另外一个终端。我在工作吗？还是在玩游戏？还是两样都有？

我醒来的时候更加焦虑，比上床前还要疑惑。有一个问题的重要性远超其他，不仅跟梦境有关，还跟格雷姆国王有关。

"你觉得我们在哪儿？"动身几分钟后我问夏茉。我们两个人回到了下界，朝着搜寻那一小堆荧石相反的方向前进。我们顺着石英小道一路走去，同时提防着恶魂，前方就是名叫"冰立方"的要塞。

"嗯？"夏茉似乎对这个问题不太感兴趣。她的脑子里跟往常一样，只关注眼前的事。

我的世界：山

"你认为我们现在置身哪里？"我冲她的背影追问道，"我的意思是，这是哪个世界？另外一个星球？还是另外一个维度？"

"这还不容易，"夏茉答道，语气轻松得就像我向她请教怎样合成一把锹一样，"我们在电子游戏里。"

我不敢相信自己的耳朵。"你这么认为吗？"

"当然啦，"夏茉耸耸肩，"你没做梦吧？"

这句话像一记看不见的重锤敲打着我。

"哪种游戏？"

她咯咯笑了起来："当然是对着屏幕啪啪敲键盘的那种。"

"天哪，没错！"我一个箭步蹿到她身边，兴奋得蹦来跳去，"就在昨晚，我又做了个奇怪的梦！可能是看了你的画——应该是我俩的画，因为我在岛上有一幅画跟你的一模一样。"

"更加证明这是一款游戏了。"夏茉的语气里透着无聊，"我们怎么会构思出一样的画面？什么事都能解释通——这里的风景，上面和下界，还有这世界的万物。难道不觉得很像一个电子游戏吗？"

"确实是，"我回答道，但热情已经降低了大半，有个东西不断撞击着我大脑中间那道隔阂，"不过你也仅仅是'觉得'。"

"肯定的。"夏茉的语气不容置疑，"不知怎么的，我们被拉到这儿，也不问咱俩同意不同意，就像你经常提起的老电影里的那些'伙计'，他们总是没完没了地跟飞碟战斗。"

"嗯。"我嗫嚅着,想起那部电影却忘了片名。

"要么,"夏茉进一步分析,"我们有可能是自愿的。游戏测试员,或者游戏设计者,估计是类似这种身份。我们把意识接入系统时想方设法抹去了记忆。"

"咱俩做得到吗?"我问道,"把意识接入一台电脑?"

"不知道,"夏茉的声音像唱歌一样,"如果你还记得另一个世界的技能,尽管显摆吧。"

恕我无能为力。不能说这个想法不合理。游戏设计者,要么是测试员,或者两者都有可能。两个人都坐在某种家用实验室里的床上,要么彼此挨着,要么在世界的两端,头盔连着电脑,或者像夏茉说的那样,直接连着大脑。哎呀,毫无疑问,逻辑上是合理的。

"可是,"我还是满腹狐疑,"还有没有其他可能性?"

"例如什么?"夏茉带着挑衅的语气。

"这个嘛……"我犹豫了一下,不敢确定自己的直觉对不对。要不干脆同意她的话,让这事过去吧。今天是个重要的日子,一大早就吵架好吗?可是……

朋友之间坦诚相待。

"如果这个世界是真实的,只是看起来像电子游戏而已呢?"

"啊?"这时在我们的家乡,一个圆脑袋的人类夏茉或许正歪着脑袋问道,"你什么意思?"

"有可能是庸人自扰,"我侃侃而谈,"我仔细思考了许久,

147

我的世界：山

如果这个世界是专为我俩而造的呢……为咱俩这样的人……嗯，学习技能的人而造。为了让我们了解自身，学习如何在咱们的世界里生存——"

"究竟是为了什么，有人会做这种事？"夏茉满腹狐疑，"如果不是电子游戏，为什么要伪装成这个样子呢？"

"为了简便？"我猜测，"你看，基本原则就是——尽量精简，更不用说从植物到动物，甚至我们脚下的土地，或者，"我往上瞟了一眼继续说道，"还有我们头顶的地面。当你思考这个世界的时候，不需要怎么动脑筋，这就让我们有更多的时间审视自己。"

"可为什么要伪装成电子游戏的样子？"夏茉反驳道，"万物都四四方方笨头笨脑。干吗要造得像电子游戏，像你说的干脆模拟真实世界不是最简单吗？"

"那个我也考虑过了——"话一出口对方就嘲讽似的回敬了我一句："真没想到啊。"

"不，听我说完，"我信心倍增，"你在家里玩电子游戏吗？"

"当然玩啦。"

"玩得多吗？"

"多。"

"我也是。其实我觉得玩游戏就是咱们那儿的一种生活状态，跟吃饭、听音乐或者运动一样。"我忘了自己参没参加过体育运动了，但这都是小事，"如果这里的设计者是为了让咱俩这种漂泊在此的异乡人，能够在我们原先的世界里再现此地呢？"

"又——来——了——"夏茉把声音拖得老长，"你说说在这两个世界，人们为什么要这么做？"

"当成一种教学工具吧，"我轻声说道，完全沉浸在自己矛盾的思绪中，"一种寓教于乐的人生教学工具。"

夏茉好一阵子没作声。毫无疑问，她已经被我直击心灵的洞察力折服了。

真是意义非凡啊，肯定是这样的没跑了。创建这个世界的目的是为了教导我们如何成为更好的自己，而之后我们可以在电脑上重新创造这个世界供其他人游玩。简单明了，无懈可击。夏茉开口前的几秒钟里，我把自己想象成一个很久以前的古人，裹着块布坐在石头上，其他裹着布片的人坐在我脚边争相说道："啊，你真是个天才，快给我们好好讲讲吧！"

"不对，"夏茉断然地回答，"你说错了，这就是个电子游戏。"

"你没意识到罢了。"

"一定是电子游戏。"

"可你一无所知呀。"

"你不也一样。"

"走着瞧吧！"我信心十足地说道，恨不得伸出根手指在空中摇晃，"等我们逃走了，等我们离开了这个世界，事实就能证明我是对的！"

我的世界：山

"那一天到来之前，"夏茉回敬我一句，"我们务必都要尊重彼此的信念！"

"尊重彼此的信念！"我重复了一遍，心里又上完了一堂友谊课。可还没等友则确立，我突然间大叫一声："哇！"

我停下了脚步，夏茉不得已也跟着停下来："怎么了？"

"知道刚才你说了什么吗？"我问道。

"希望刚才那句话不会耽误我们的任务。"夏茉打趣道。

"你可知道……"我抓住这个稍纵即逝的念头，它就像攻击我的恶魂一样难以捉摸，"我觉得，你刚刚总结出了非常重要的一个道理！"

"又来了。"夏茉无奈地叹了口气。

"不，是真的。"我挥着手，"你说要尊重彼此的信念，我认为啊，只有从一个世界穿越到另外一个世界，才能证明信念是什么，"我长出一口气，"待在家乡的同胞这方面很欠缺，或者说做得不够。其实，有些人的信念非常狭隘，甚至诉诸暴力，因为这个还会自相残杀。"

"你真这么想？"夏茉问道，"你觉得不出来见世面的人都很狭隘吗？"

"不能一竹竿打死一船人，"我脑子里涌现出各种想法，"但我记得在家乡发生过类似的事，你呢？"

"我不太想回忆家乡的事。"夏茉耸耸肩，我和她之间开启了个全新的话题，双方很快就要剑拔弩张。夏茉不愿意回想家乡的事？为什么？

如果我没有被那些所谓高尚的信念观迷惑的话，接下来就应该问她个清楚。

"我认为啊……"我接着说道。

"得了吧，"夏茉一副嘲讽的口气，转身继续前进，"等我们回到山上以后，你爱怎么样就怎么样，尽管去思考、冥想、哲学探讨——"

就在离我有十几步远的小山坡上，她猛然住了口，身体也僵住了。

"扑通。"

这个声音好似在回答我没说出口的疑问。

声音是从她那边传来的，山坡另一侧的某个地方。

"扑通、扑通、扑通。"一个软沓沓的声音越来越近。

我赶忙跑到夏茉身边，紧张地扫视着面前那千篇一律、斑斑驳驳的景象。

"那儿！"夏茉指着出现在远处的一个方块。它比其他方块更大，颜色更深，而且身子扭曲。

扭曲？

我正要问这是个什么东西时，那个七扭八歪的方块动了起来，速度不快，朝着我们的方向轻轻一跳。第二跳的时候，我看见了像眼睛的东西。

"岩浆怪，"夏茉说道，"史莱姆的下界版本。"

史莱姆？

我想起来自己可能在海岛上的怪物手册里大致浏览过史

莱姆的内容。不过如果知道它会构成威胁的话，我肯定会读得更认真。

夏茉似乎看透了我的想法，继续补充道："不是很危险，跟恶魂不一样，但它挡了我们的道。"

"我来对付它，"夸下海口后我一把抄起自己的剑。她就算不赞同我的哲学观点，也不能瞧不起我的战斗能力。

"如果你愿意，"夏茉说道，"带上弓箭可能会更保险一些。"

"你担心我的安全？"我哼了一声，"就凭那包果冻也配？"

"物尽其用嘛，"夏茉咯咯笑着说，"可以扭转败局。"

我觉得有点儿不妙："什么意思？"

"没什么，"夏茉又想笑但忍住了，"需要我出手吗？"

"拜托——"我冷笑着说道，"我能行。"

"不会太危险的。"我心里想，朝着目标大步走去。照我看，恶魂都不在话下，何况这个傻头傻脑的"跳跳糖"？

"跳跳糖"一定是发现我来了，因为它跳起来后，眼睛刚好和我平视。"来吧，"我说道，模仿着夏茉的口音，"放马过来。"

我往前一步刺出手里的剑，不料岩浆怪竟然跳到了我身上！

"啊！"我失声惊叫，熊熊燃烧的火球冲过来时我差点儿摔了一跤。说实话，倒不算太糟糕，跟挨了僵尸一拳差不多。

但我的自尊心严重受损，特别是我想起来旁边还有位观众。必须让我的宝剑显出威力了！

"哈！"我大喊一声，剑刃扎穿了那团熔岩精。岩浆怪发出红光，没哼一声，便深受重创倒了下去。

我往前猛地一送，心想这下应该是解决了，然后回头喊了一声："结果了！"

挨了这致命的一剑，但怪物竟然没有死。相反，它分裂成了四只——不骗你，是四只——一模一样的小怪物。

"结果它！"四只怪物一起向我进攻时，夏茉在一旁呐喊助威。

"呀！"我发出一声号叫。当我拼命挥舞利剑时，被岩浆怪狠狠一撞，烫了一下。

"你行吗？"夏茉问道，语气里带点儿焦灼。

"我能行！"其实是苦苦支撑。说时迟那时快，利刃在四个怪物身上扫了过去。

"差不多——"我刚一张嘴，但"时间"两字还没出口，它们又从四个分裂成了八个！

跳起、冲撞、燃烧！

它们团团将我围住，凶猛地朝我扑来。

"嗷嗷——来吧！"

一剑过去，怪物一命呜呼，化成一缕青烟。至少这个样子没法再分裂了吧。

我身后有两只，侧面有三只。怪物们朝我迎面扑过来，

我的世界：山

烈焰烧穿了我的盔甲。

"我能行！"刀光剑影中，我一遍遍对自己说，"我能行！"

眼花缭乱，火光冲天。敌人太多了，寡不敌众。我曾经看过的那部电影叫什么来着，有句很好笑的话……

"我能行，我能行，我能……不行了！"

"夏茉，我需要——"

"帮忙，"背后响起一个冷静的声音，"我就知道。"

身旁伸出一把利剑，一下一下地砍向这些活靶子……"你往右，我往左。"和夏茉并肩作战的感觉又来了，很踏实，很安心。

不过一两分钟，我俩就静静地站在那儿，脚下散落着几个红色和黄色的球。

"岩浆膏，"夏茉说着把一个收入囊中，"是制作防火药水的主要原料。"

"是这样的，夏茉，"我开口说道，超级复原能力修复了一切，唯独落下了我的自尊心，"我向你呼救不是因为我寡不敌众或者其他原因，我就是想着，别让你错过这么有意思的事情。"

"那是当然啦，"夏茉说着递给我一团岩浆膏，"还得说一句，以后跟别人求救不丢脸。"

友则十五：朋友不怕向对方求助。

"那就出发吧。"夏茉打头，我们回到石英小道，下到一条狭小而平坦的沟里。在这儿视野有限，夏茉举弓忽前忽后地保持着警戒。

"明天咱们得把这道沟填平，"她边说边抬头倾听恶魂的动静，"这样通向冰立方的道路就安全了。"

"为什么叫作冰立方？"我问道，"因为颜色吗？"

"还因为有齐全的设施。"夏茉答道，"我造了这所房子，你肯定会感激不尽的。"

"是你造的？"我问道，现在完全糊涂了，"还以为咱们要去探索一个要塞呢。"

"哎呀，不是，"夏茉咯咯笑了起来，"它是我一个前沿基地，这么说吧——家外之家。能够补充能量、安全歇脚，最重要的是可以凉快下来。"

"你说什么？"我以为自己听错了，"你的意思是，类似情绪上冷静下来，而不是身体温度降下来。"

"才不是呢，"夏茉说道，地势越来越高，"如果不能找个地方冷却下来，我就无法完成需要长途跋涉的任务。过热会削弱战斗力，影响思考。我在这里犯下的错误不计其数，许多是致命的，都是忽视了高温的危害性。"

"我明白你的意思了，可你是怎样才能——"

"用那个呗。"

我们爬上山坡，夏茉指着前方："看，冰立方。"

第十四章

这是一座非常大的建筑结构，在青李色的背景映衬下雪白雪白的，蓦地跳进我干涩恍惚的眼睛里，是如此美丽惊艳。

"这就是你说的冰立方？"我问道，名字倒也很贴切。夏茉点点头，朝那个"盒子"走去。

"用石英造的？"我接着问，对方又点点头。

"即使没有夜视药水也很显眼。"就在此时，我们的夜视药水失效了，眼睛恢复了正常功能。就算身处阴霾，它仍然像海面浓雾中的灯塔一般熠熠生光，耀眼清晰。

我们在酷热中继续跋涉时，夏茉跟我讲解道："我告诉你，我可花了不少时间才建好，虽然不能完全挡住恶魂，但外墙很容易修复。"

还有外墙？我做好了思想准备，一会儿肯定能大开眼界。在远处，已经能看到典型的夏茉式杰作——自动沙砾窗。当我们走到木质大门前，她解释道："本来我更喜欢铁门，但冷空气会顺着敞开的门缝逸出去。"

"冷空气。"我说完晃了晃脑袋，"我干吗总是这么大惊小怪的？"

夏茉笑了，推开门把我领进一个伸手不见五指的前厅，然后打开了我们头顶上的红石灯。

"啊呀，"我不禁叫出了声，迎面扑来一股北极般的清新空气，"哇，伙计！"

夏茉又咯咯地笑了，向我们四周一指："墙壁有三层：外面是石英，里面也是石英，中间夹着积雪。"

"你从上面带来了雪。"我把脸靠在冰凉的石英墙上。

"哪怕暴露在空气中，"夏茉说道，"雪也不会融化。"她抬头向上看，于是我也学着她仰起头。红石灯中间，像棋盘似的是铁栅栏，后面是一块块冰。

"很简单的热力学原理，"夏茉语调轻快，"热空气上升，冷空气下沉。"

"哦，真棒！"我夸张地点着头，"一看就知道，你发明了空调。"我指着旁边那扇门，"这里是不是还有一台融合了汽车、轮船和喷气式飞机，看起来像蝙蝠的装备？"

夏茉笑得前仰后合，两个人的肩膀靠到了一起。"你呀，盖伊。"

然而，除了一个温度控制的"气闸"，洞里并没有出现什么超级英雄的身影。但主房里倒是有补给箱、种着马铃薯的温床，还有一台唱片机，播放着离奇古怪的音乐唱片，并不符合我的口味。然而，为了这个远离家园的小家，主人付出的大量时间和心血不免让人暗暗钦佩。

"那是什么东西？"我指着角落里一个有四条腿、装满水的铁盒子问道。

"是只炼药锅，"夏茉回答，从这个小方块里舀了三瓶水出来，"在下界只能用这个办法储水。不知道为什么，哪怕在屋里，只要把水倒在地上马上就会蒸发光。"

"也就是说，水在这里是没法产生水的。"夏茉递给我一瓶时我沉声说道。

"有点儿难，"夏茉回答，又往炼药锅里倒了一桶水，"这些陈芝麻烂谷子都是瞎扯。"她指了指我们周围奢华的装饰，"我觉得这一切很值，你觉得呢？"

"嗯！"咕嘟咕嘟一口气喝下清凉败火的一瓶水后，我的脑子开始飞速运转起来。我的脑袋向天花板一斜，马上有了个新发现，让我喉咙一紧。

"夏茉，"我犹豫了一下，想说几句场面上的话，"我数了数，大概得有一百来盏红石灯……我是说……减去六……八处安装了空调通风口的空间……"

我的声音越来越小，不知道怎么才能把话说清楚。

"是吗？"夏茉反问道，语气里带着一丝凌厉，"你什么意思呢？"

我不明白自己为什么这么紧张，其实，不过是实话实说罢了。

"这么说吧……要是用这些灯，加上前厅的，和我们采集来的所有荧石，来点亮大山的话不是更容易吗？"

对方沉默了一下，可能都不到半秒的时间，但对我来说，感觉像一个世纪那么长。要是现在来个恶魂上门找麻烦那该多好！

"哦，那是，"夏茉冷冷地回答道，"我明白你在想什么，其实我以前建造这里的时候也考虑过。"说着她果断地点了点头，然后把自己那瓶水喝了下去，"跟我们要的总数比起来，这里只是一小部分，而且……"不知道是不是我的错觉，她的语气里透着轻松，"没错，最后我们会把这里的东西全都打包带走，但在没完成之前，还需要这个地方来休憩。特别提一下，"说着，她信步走到墙边一个控杆旁边，语气很兴奋，"这是我们的下一站！"

唰。

玻璃窗前的沙砾扑簌簌地落下。

"见鬼。"我望着另外一片熔岩海对面的景象，目瞪口呆。山顶上的东西就像从奇幻冒险小说里冒出来似的。

熔岩上矗立着一座黑色的要塞，窄窄的桥梁连接着细长险恶的塔楼，我马上感觉天旋地转。

"我还没探索过这座要塞，"夏茉坦承道，"但如果和我已经清理过的那两座要塞一样的话，它的大厅里肯定也爬满了让人浑身起鸡皮疙瘩的怪物。跟烈焰人和凋灵骷髅一比，地面上的怪物就跟雪兔一样人畜无害。可我们如果能够打败怪物然后到了那儿，"说着她指了指要塞的另一头，上面挂着沉积下来的荧石，"再加上咱俩劲儿往一处使，要不了多久，那些荧石就全到手了！"她的语气兴高采烈，在那一刻我差点儿忘了自己刚才为什么要提起冰立方的事儿。

"盖伊，相信我。"

朋友信任彼此。

"我相信你。"

我俩迅速碰了一下拳，多备了一些水，增加了一剂夜视药水。刚一踏出冰立方，我的身体马上跌进地狱般的酷热里。

"头一回觉得待在火炉里还挺舒服的。"我嘟囔着。

"说什么呢？"夏茉问道，举起弓箭，眼睛警惕地扫视着天空。

"没什么，"我回答，不想让别人觉得我是个没完没了诉苦的祥林嫂，"咱们怎么过去？"

悬崖和要塞中间什么连接都没有。我有点儿明白为什么要塞建在这儿了。也就是说，如果要塞最大的功能在于防守的话，有什么能比把一片火海当作护城河更加稳妥呢？

夏茉倒是一副胸有成竹的样子。"这边来。"她往下指着悬崖边。

一开始我没看清她指的是什么，于是俯下身子凑近看。"小心！"夏茉差点儿一步跨到我前面，"脚下有裂缝！"

我立刻谨慎起来。不远处，往下再走几格有一段楼梯了，一直挖到了地下，角度很隐蔽以至于我完全没发现。

"刚才是故意的。"我仰望她说道。

"那还用说,你肯定是故意的。"夏茉姿势优美地落在我身边,然后走在前面。

"前进。"夏茉欢快地说道,身影消失了。

我们来到熔岩汪洋的岸边。由于离得太近,我每一寸露在外面的皮肤都烫得发痛。

"你发明了防火船吗?"我半开玩笑地说道,尽量往后靠。

"没必要,"夏茉严肃地回答,向下指着"海滩",也就是一块狭长的土地——应该叫作"地峡"——连接着最近的塔楼。

起初,我松了口气,因为连接处很宽而且与洋面持平——对了,应该叫熔岩面。但走近一看,发现那东西比无处不在的下界岩色泽更深,质地更细。"灵魂沙,"夏茉提醒我,"你肯定不愿意踩上去。"

"它流动很快吗?"我问道,"像咱们家乡的那种流沙能把人整个吞没?"

"恰恰相反,"夏茉解释道,径直走向原木色的沙粒,"它能把你困在原地,让你动弹不得。平常就是有点儿讨厌,但如果正在战斗的话……"

"明白了。"我点点头。凑近了看,灵魂沙上仿佛出现了一张狰狞的脸,不过可能是我想多了。我瞧了瞧夏茉,她从背包里取出一堆堆的下界岩来。"要我帮你盯着天上吗?"

"你知道要领了。"她点点头,把下界岩铺在灵魂沙上。

161

我的世界：山

我弓箭在手，负责望风，警惕那些飘来飘去的恐怖鱿鱼气球。四周气氛非常紧张，我的眼睛左顾右盼地关注着一切不寻常的东西，差点儿都要出现幻觉了。我竖起耳朵聆听那种可怕的尖叫声。

然而，飘浮的气球并没有出现。只不过短短几分钟，夏茉就已经建起一座连接塔楼的桥梁。

"开干吧。"夏茉手中的镐子闪闪发光，"咱们最拿手的来了。"

我们埋头挖了起来，一块接一块地凿开黑色的坚硬物质，夏茉称其为"下界砖块"。这个阶段比穿越地峡还累，因为我们全凭感觉打洞，周围全是熔岩，只要一个失误，多动了一块下界砖块……好吧，你就能猜出下场是什么了，我可是一清二楚。直到我们终于露出头，我才放下心来，长长地呼出一口干燥灼热的气息。

"差不多是时候了。"夏茉气喘吁吁地说道，领我来到一个地方，像是个十字路口。这座没有屋顶的建筑由四条连接的门廊组成，其中三条不知通向哪里，第四条通往一座连接桥梁，这座桥我在冰立方见到过。我记得术语应该叫"猫道"，只有发疯的猫才敢从上面过。它大概有三格宽，两边分别有一格的护卫区，就这样了。没有扶手，没有围栏，而且我们也没有猫的九条命。

夏茉在我身旁，张弓搭箭。"我们可以在这儿好好想想从哪里开始修建'通天之阶'。"

没有任何参考资料，也没时间去找。

"手头有防火药水吗？"夏茉问道，双眼警惕地扫视着粉红色的雾霭。

"没有，可是——"我正要开口说话，突然听到一阵陌生的动静。远处传来一阵低沉的声音，"唰、唰、唰。"夏茉大吼一声"小心"，一把将我推到两道门中间的隐蔽角落里。

"赶快把药水喝了！"她命令我，这时三个火球嗖地从我们身边飞过。不是恶魂的炸弹，它们体积更小，速度更快。几个火球撞在我们身后的下界砖块上，力道很猛，接着呼的一下烧了起来。

"站那儿别动！"夏茉的语气不容置疑，然后跳到对面安全的角落里，"就在那儿。"

"什么意思？！"我惊恐地大叫一声，躲在栏杆后面向外张望。那个东西比恶魂小，通体金色，冒着烟。旋转的杆子上顶着个类似人头的东西。开始并没发出声响，后来一连放出三个火球，带着"唰唰唰"的声音，吓得我像乌龟一样赶快缩回了脑袋。

"是烈焰人，"夏茉说道，"它们产自要塞里的刷怪笼。我们在进攻上的时间拖得越久，它们就有机会召唤越来越多的同伴。"

"我来吸引它的火力，"我提议道，被自己的勇气吓了一跳，"你擅长远距离射杀怪物。"

"说得好，"夏茉一边搭箭，一边表示赞同，"但是看在彼得的分上，走猫道时要小心！"

　　我不知道彼得是谁，但她的意思我明白。

　　"看这儿！"我大喊一声跑到开阔地上，"你们的靶子来了！"

　　"唰唰唰"，一连三发，就在我身后，距离特别近，差点儿烧着我的脊梁。

　　"这也太慢了！"我回头对它反唇相讥。

　　"唰唰唰"，火球向我直扑过来，幸好速度不快。我及时闪开。

　　"哈！"我冷嘲热讽，又避开了几个燃烧弹，"还要更努力哦！"

　　"嗖！"夏茉的箭从塔楼门道飞出来，差点儿命中那团忽闪忽闪的火焰。"差不多了！"夏茉喊了一声，"继续分散它的注意力！"

　　"瞧好了！"我回答道，看来与恶魂的殊死搏斗还是挺有用的。

　　跟预测飞鱿鱼的方位一样，我已经掌握了引导对手火力的窍门。烈焰人的发射速度快一点儿，但规律是一样的，不需要费很多脑筋我就能舞动着躲开它们的攻击了。

　　注意了啊，我用的词是"舞动"，这是我标志性的胜利旋转舞。

　　"你发现自己身处巨大的地下熔炉之中！"我吟唱起来，重新拾起一首几乎遗忘的歌曲。自打上岛之后，它便在我的脑海里一直萦绕。

"喇喇喇。"向左转。

"你还发现自己在梦幻要塞看见一团飘浮的金色火焰！"

"喇喇喇。"向右转。

"你还会问自己，我是怎么——啊！"

大错特错！我光顾着作曲，不小心踏上一块燃烧的下界砖块。据我观察，与下界岩不同的是，它颜色更深，密度更大，点燃后只燃烧几秒钟。当然情急之下我也没法计算到底有几秒钟。

在岛上总结的一个道理跃入脑海：细节决定成败。

"啊！"我大叫一声，火苗在眼前蹿了起来。

好痛！好害怕！

我朝着自以为安全的塔楼跑去。

"停下！"夏茉大吼一声。这一声把我冒着火苗的脚丫子钉在了地上。

我刚好站在"护卫格"的边缘，只要再迈出一步就……

"往这儿来！"一个声音指引着我、安抚着我，"盖伊，往这儿来！"

我按着声音的指引，顺利地躲进了角落里。

"乖乖待着别动！"熬过了痛苦的几秒钟后，折磨人的火焰终于熄灭了。眼睛恢复正常，视野也清晰了。夏茉从远远的那头角落里向我呼喊。

"你没喝防火药水吗？"

"这个……"

"没关系，"她举起弓再射一箭，"一剂治疗药水的事儿！"

我从腰间掏出瓶子，一阵齁咸的刺鼻味道以后，身体即刻痊愈。

"我要重回战场！"我主动向她请命，跃跃欲试再次加入战斗。

"不用了！"夏茉全神贯注地盯着目标说道，倒也没有生气。箭离弦后，我的目光顺势望去，眼见敌人变成一缕青烟消失了。

"可惜，"夏茉往下望着，那根烈焰棒慢慢地落入脚下的熔岩流中，"这东西用处很大。"说着她转过头加了一句，"要是能找到刷怪笼，这玩意儿要多少有多少，走吧！"

第十五章

夏茉的目光扫了要塞一眼："附近肯定有一个。"

我点点头，努力倾听着，目光随着那根烈焰棒一起落下。

掉下去的差点儿是我。就跟岩浆怪那次一样，我太自负了。

"咱们走吧。"夏茉吹了一声口哨，顺着下界砖块砌成的道路一路小跑。

我跟在她后面，拼命把所有的威胁都在脑子里过了一遍：恶魂、烈焰人，还有越过护卫格的错误一步……

我能做的只有集中注意力，不让眼前复杂的形势分心。她是怎么做到的？一个人就能克服其中两点！仅凭这个，就能让我全心全意追随她的每一步。

"唰唰唰！"

"左边！"

在她的警告下我赶紧停了下来，三枚燃烧弹从我俩中间蹿了过去。

我的世界：山

我的眼角余光瞥到了滚滚浓烟！

"唰唰唰！"这次我带着弓又躲开了。

"别动手！"夏茉跑到十字路口喊着，我莫名其妙地停住了，"必须把它们引到坚实的土地上，要不我们就拿不到烈焰棒了！"

我跟了上去，接着一个急刹车，因为一束火球倏地掠过我们身边。两个人又动身了，来到十字路口处停下来继续战斗，那个旋转的杀手在空中晃晃悠悠地登上了猫道。

夏茉大喝一声："来了！"她的剑在黑暗中发出道道寒光，"可别浪费宝贵的箭！"

"你是……"我不知该说"开玩笑"呢还是"认真的"，或者是"疯了"，但是对敌人发起进攻前都不应该说出口。

"盖伊，加油！"她扭头喊道，"它进套了！"

就算我连跑带颠，视线摇摇晃晃，眼前的一幕也无比壮观：夏茉这个猎手经验丰富、勇气无穷。她腾挪跳跃、闪避迂回，来到怪物下方时猛地一跳！剑锋劈砍时并没有发出激烈的叮当声，紧接着又是两剑，战斗结束了。面对她精彩的表现我欢呼起来。

"谢谢你！"夏茉带着一根橘黄色的小棍儿从消散的烟雾中跳了出来，"拿到一根烈焰棒。"

"是酿造台的燃料吗？"我问道。

"还可以变成烈焰粉，做力量药水，"她一边回答，一边把小棍儿塞进背包，"在怪物的发源地，这东西更多。"

夏茉指了指猫道下面远远的另一座结构。与其他开放式的"门廊"塔楼不一样，这个圆柱的顶部是封闭的。我看到带栏杆的窗户和栅栏围起来的屋顶，而且屋顶几乎卡着洞顶，好似有个东西在狭窄的空地上跳跃闪烁。

"那就是刷怪笼。"夏茉说道，然后拖着我离开了。

"千万别下崽子了，"我默默地祈祷着，那个凶险之地越来越近，"千万别再下崽子了……"

运气不佳。

还有大约二十格才到，我瞧见冒着火苗的小笼子生出了一个烈焰人。

"快！"夏茉大喝一声，冲进了下面的空房子里。这里像个花园，有两排灵魂沙，长着红色大蘑菇——跟上面的蘑菇看起来不太一样。

我没时间上去查看，连问问是什么都来不及。我们的目标是两个区域之间矗立的楼梯，刚冒出来的烈焰人就在顶上等着我们。

这次，夏茉没有贸然冲出去，而是在第一级处停了一下，目光飞快地扫过深紫色的屋顶。她想通过声音锁定目标吗？

我原以为烈焰人没有声响，但很快就意识到原来是离得太远所以没听清。它们的声音让人汗毛倒竖：沉重、缓慢，带着点儿金属声，好像有人用管子吸气似的。

"呼——吼——呼——吼——"

"只有一个，"她冷静地说道，眼睛向下看着台阶，"要是不往咱们这边来的话……"

我们又换地方了。随着一声声"跟上！""别磨叽！"的喊声，我蹦蹦跳跳蹿上楼梯，呼哧呼哧地喘着粗气来到屋顶，冷不丁一个旋转的恶魔朝我们扑来。

"唰唰唰！"

夏茉和我赶紧兵分两路，分散对方火力。

"赶快！"她大喊一声，向烈焰人追赶过去，"别让它跑了！"

我猜她说的是别让盘旋在屋顶那家伙跑到剑够不着的地方。它要是逃跑，个人倒是没什么意见，尤其是这个没解决又怕冒出个新的来。然而我没争论也没犹豫，手里的剑锋嗡嗡直响，听起来像是金属撞击声，强烈的震动一直在我掌心激荡。

两个人并肩出击，烈焰人腹背受敌。

好吧，你们都晓得，看来我还得继续磨炼自己的智慧。我俩速战速决地拿下了这个对手，于是我开始对付那个刷怪笼。

"住手！等等！"夏茉的话阻止了我高高举起的镐子。"别破坏它！"说着，夏茉掏出一把下界岩，"把它封起来，快点儿！"

她七手八脚地把屋顶栏杆和与地面悬空之间的狭窄缝隙堵上。我学着她的样子照做，问道："这么干咱们能得到——"

话刚说了一半，突然响起一阵吓人的"呼——吼——"的声音来。我转脸一看，刷怪笼里又冒出一个烈焰人。

"夏茉！"

"我知道！"

她的剑掉在地上，成了烈焰人的靶子。我伸手想抽出宝剑，却不小心带出了镐子，没时间换武器了。三个火球飞来，夏茉往旁边一躲，火舌撞到了她身后的栅栏上。我嗖的就是一镐，又快又狠。夏茉紧跟着从正面进攻。烈焰人发出垂死的嚎叫后一命呜呼，化成一根冒着烟的烈焰棒后消失得无影无踪。

"完成任务！"夏茉晃了晃烈焰棒，赶忙跑回去接着封死刷怪笼。我继续坚守岗位，心里数着时间等待另外一个烈焰人冒头。这次运气真好，新出生的火焰喷射器呼吸声响起时，夏茉在楼梯上刚刚封好最后一块下界岩。

"恰到好处！"她长长地出了口气，然后抢先回答刚才的问题："我知道你心里想什么：放任刷怪笼继续运转不是很危险吗？但它源源不断产生的烈焰棒可是酿造台的能量源泉啊！"见我没吭声，她继续说道，"所以就算咱们离开下界，以后还能时不时回来采集烈焰棒酿造药水。"

当时听着确实有道理，但我很久之后才反应过来：照这么做，如果需要什么我们就去下界取，那么储存黑曜石用来建造传送门的做法还有什么意义？

然而，当时我没想那么多。以前在岛上孤身一人，无论何时都能慢慢把思维和情绪理顺，而现在我只不过是个菜鸟，什么都不懂呢。

正因如此，我很信任地说了声"好的"，然后跟着她走

171

我的世界：山

下楼梯来到后面漆黑的走廊。"别管那些下界疣。"她指着花园叮嘱道。

原来下界疣长这个样子。

"我在上面种了好多，"她站在门厅入口处犹豫了一下子，"还藏了许多别的好东西。"

就在那时，夜视效果消退了。

"呃，夏茉……"

"我也是，"她说着伸手去拿一个瓶子，"到此为止吧。"

我照做了，发现自己的存货越来越少："只剩一个了。"

"我们所需的资源，"她断言道，一边昂首挺胸地大步进了走廊，"只要再采集一次荧石就够了，也许还能顺道带走些别的什么'奖励'，到那时我们就可以上路了。"

她站在第一个十字路口，回望我们来时的路："但首先……"

夏茉从腰间取出一张工作台放在地上，然后竖起一个写着"回家"的路标。

"以防万一我们迷路。"

她对要做的事一点儿都不含糊！我边想着边跟夏茉走下门廊，又下了一层楼梯。我发现这里的铁栏窗外是坚实的下界岩，于是我问她我们是不是在地下，夏茉解释说，有部分要塞一半嵌在土里一半在地上。

"很容易迷路，"她说道，又立下一块路标，"可至少不用担心碰上恶魂与烈焰人。"夏茉就在我前面几步远的地方，

172

然后向右一拐。

我听到前面突然响起一声狂喜的"啊哈！"。过了一秒钟，我就明白个中原因了。

走廊尽头，在快要拐弯的地方有一口箱子，跟我俩一样显得特别突兀。

"梦见过金银财宝没？"她问道，一个箭步轻快地跳了过去。

财宝！这就是她说的"奖励"？

夏茉掏出一块金锭，然后是两颗耀眼的钻石。

"哇！"我屏住呼吸，然后问道，"你能在这里开采黄金和钻石吗？""我还没找到。"夏茉自然而然地回答道。我满脑子都是大大的问号。

为什么这儿有金银财宝？而且已经是挖掘出来加工好后放进箱子里的？谁干的呢？说到这一点，最初又是谁建起的要塞呢？就像我那座岛下面的矿坑一样，它是一个灭绝已久的文明的杰作吗？当时发生了什么事？那些人都变成僵尸猪人了吗？

"见过这个没？"夏茉一只手挑起一件钻石盔甲，另外一只手里的东西好像是皮革鞍。

"见过！"我说道，认出这是动物用品，"至少见过盔甲。我在岛上的时候发现的。我还在一本指南上看过这个鞍子。马用的，对吧？或者是猪用的？你见过马或者猪吗？"

"都见过，"夏茉说着把盔甲装起来，"还见过驴，进了丛林里甚至还有豹猫。"

"你骑过吗？"我问道，"马，或者猪？"我脑海里出现了这样的场景：夏茉威风凛凛地骑着忠心耿耿的野猪，飞驰在皑皑白雪上。

"没有，"她边说边在箱子里翻找，"还没那个机会。"

"嗯，机会多得很，"我信心十足地说道，"只要咱们继续前进。"

夏茉没说话，却举起一把纯金打造的宝剑。"瞧，"她把金光四射的剑递给我，"你应该配上这个。"

"太好了！"我站在后面试着挥了几下，然后说了句"谢谢！"，倒不是因为剑本身——我在岛上能做出十几把来，而且由于黄金在光泽度和硬度上都不如钻石，还是把这种稀有的贵金属留作其他用途吧。最吸引我的是，找到黄金的那种兴奋劲儿，还有这些阴暗险恶的建筑里藏着奇珍异宝的事实！

夏茉一定是感受到了我沸腾的心情。"好玩儿吧？"

"你懂的！这个地方竟然这么有意思！"

"咔嗒、咔嗒。"

远远地，从通道那头传来一个声音。

"咔嗒、嘶咔嗒。"

骨架的声音，是骷髅！就算睡着了我也能听出来。可这个声音不太一样，更低沉，还有刮擦声，很像是一具骨架从硬砖地上拖过去的动静。

"是凋灵骷髅。"夏茉说着合上了箱子。

"嘶咔嗒、嘶咔嗒。"

"让它们尽管来吧。"我说着伸手取出钻石剑。

"不行。"夏茉低声说，猛地摇头，"我不骗人，你肯定不想跟它们挨得太近。"

就在这时，一个身影咔嗒咔嗒地拐了过来。

这家伙看起来像具骷髅，但是全身上下黑得像刚挖出来的煤，身上带的不是弓箭，而是一把用灰色石头打造的剑。

"这就是凋灵骷髅？"我问道。

"没有血肉的枯骨。"夏茉回答。她的弓已经就位，箭在弦上随时发射。"我来对付这个。"说着手一松，正中那具黑夜中的骷髅。

漆黑的骨头架子闪着红光往后跳了一下，然后手持石头剑向我们咔嗒咔嗒地走来。

"轮到你了，我劝你离它远点儿。"夏茉说着往旁边一闪，让我射箭。但我的弓箭还没准备好，手里只有剑，"没关系——又来了两个！"

夏茉射死了第一具骷髅身后的同伙，然后又是一箭。一缕青烟中掉下根腿骨。

"明白了！"我说道。我原先用的是剑，现在换成了弓。我瞄准第一具骷髅，没有拉满弓便放箭，结果就是虽然射中了对方但没造成多大伤害，只是把它震得后退了一步。正当我瞄准骷髅准备来个一招毙命时，夏茉迅雷不及掩耳之势地朝着第三具骷髅同时放出三箭。

还没等敌人靠近我们，夏茉在四秒内便射出了五支箭。

"就这？"我说着把三根股骨捡起来——还是叫腿骨？专业医学名词是怎么说的来着？"不难啊。"

"千万别让它们碰到你，"夏茉说着继续往空荡荡的大厅走去，"它们非得给你来上一撮'凋零'不可。"

"不会比蜘蛛的毒更厉害吧？"我哼了一声。

"你说对了，"夏茉沉着嗓子说道，语气严肃，一看就是想起了什么，"那可厉害多了。"

她没有提起当时的详细情况，尤其是她加快了脚步，所以我也没问。面前又是一段楼梯，顶上有个东西闪闪发光。

这个房间刚好顶在下界岩天花板上，看着好像火焰刷怪塔。然而却不是个冒烟的怪物工厂，它的屋顶铺满了荧石！

"中头奖了！"我大叫一声，回头望着伙伴，她连连点头。

面积至少有二十四格，我们两个人在几分钟之内就全都挖出来砸碎了。

"真多！"我说着把最后一捧黄色粉末收集起来，"而且全都在一个地方！"

"很好，"夏茉的语气没那么兴奋，"荧石的问题在于，每次打碎一个就会丢失一些粉末。"

"没错，但你得承认，"我反驳道，"总算是个……收获。"说最后一个字时我打了个大大的哈欠，同伴趁机咯咯笑了起来。

"你得好好休息一下。"她体贴地说道，"咱俩都一样。"

她掉头往楼下走。"我们上地面美美地睡上一宿，然后明天再到这儿捞一把。"

"现在你……"我又打了个哈欠，"说了算。"

跟着夏茉的指示牌，我们顺着走廊一溜小跑，过了堵死的刷怪笼，走下塔楼阶梯，穿过盖着灵魂沙的地峡。

当我们登上下界岩阶梯穿过悬崖时，一个飘飘忽忽的恶魂哀号着落下来。

"别管它，"夏茉指着我的弓提醒道，"我们现在又累又热，最好跳进冰立方里待一会儿，喝点水，冷却下来后如果它还晃悠个不停，咱们再精神抖擞地干一架。"

"有道理。"我边说边忍住另外一个哈欠。

头顶那个恶魂像是听见我俩说话也想插一杠子似的，又发出一声"咻——"。

夏茉喝下一剂速度药水。"现在可别省。"然后等我照做。

我在她身后一格远，两个人冲下最后几级台阶。冰立方就在眼前，身后是个没完没了嚷嚷的恶魂。

我听到启动的声音，震感传遍双脚，后背火烧火燎。差最后几步了。

"咻！"

敌人太慢了，根本赶不上我肾上腺素的作用和那瓶药水的加速效果。

大门在我身后砰的一下子关上了。清凉新鲜的空气。接着是第二道门，一片光明，我们安全了。

我的世界：山

夏茉关上沙砾窗，瞪着那个垂头丧气的敌人。它离我们的窗子大概十格远，在悬崖上盘旋。跟其他那些怪物一样，一旦我们藏在玻璃窗后面，它就没兴趣了。

"挺棒！"我说着喝了一大口水。

"嗯，"夏茉一边喝水一边嘟囔着，"现在知道前沿基地有多重要了吧。"

"你考虑得……"我喃喃着，然后打了个哈欠，"真周到。"所有的紧张不安都烟消云散了。

我们有多久没睡觉了？一个晚上，还是两个晚上？我都快忘了缺少睡眠对我的身体和精神有多大危害了。

我当时头脑不清楚，可这不是接下来发生的事的借口。

"你看，"我把手伸进背包里，"能在这儿哪怕待上几分钟，谁还愿意回地面去啊？"

我手里拿着床，在地上展开。

夏茉举起手阻止我的行为，但是太迟了。就在我上床那一刹那，听见她大喝一声："住手！"

第十六章

我们总是在电影里看到这一幕：如果有什么事发生，很恐怖的那种，就会有人做着慢动作去阻止——英雄们奔向同伴去搭救他们，或者逃离爆炸建筑物的烈焰。世间万物都慢了下来，背景音乐充满着紧张的气氛，你特别想知道他们后来能不能及时赶到。

这种东西看多了，难免会被大家用来当成开玩笑的素材。我记得看过很多模仿：广告、卡通片，其中有些作品真是让人捧腹大笑。

但现在就发生在我身上，可笑不出来了。我上床的时候，眼角余光瞥见夏茉跑过房间，就在我伸手去够床的时候，她往我面前扔了一个东西，那是一块下界岩！

眼前亮起一道白光。

爆炸的气浪把我高高掀起。我耳朵聋了，眼睛也瞎了。

我从空中落下，重重地砸在后墙，一时间傻了，喘不过气来。身体马上启动超级复原能力，接着浑身剧痛。

我脸朝下摔倒在地上，喊着夏茉的名字，咳嗽连连。我尽力想眨眨刚恢复视力的眼睛，接着感觉有个东西塞进我炸得稀烂的手里，是个瓶子！

我张开针扎般的嘴唇，打开喉咙，嘶嘶响的液体引起一阵刺痛，西瓜味的，马上就好了。

"夏……夏……夏茉？"我撕裂的声带发出喑哑的喊声，"夏茉？！"

黑暗中的轮廓渐渐清晰，我的视力恢复了。看见了，她在那儿！不像我想象中的那样恶狠狠地瞪着我，而是像阵风似的跑向残垣断壁。

冰立方彻底毁了！

乍一看是这样。等我站起来，定了定神，把周围打量了一圈，发现只是里面两层的一角被炸毁。最后一面墙还在，一道薄薄的石英屏障挡在我俩和飘忽的恶魂中间。幸好有这面墙，否则我们还没从爆炸里醒过来时，就已经暴露在怪物的攻击范围里，毫无还手之力……

"夏茉，"我吞吞吐吐地开口，趔趔趄趄地向她走去，"真对不起。"

"没关系。"夏茉并没有扭头看我。我发现她正拼命把飘在空中和地上的砖块收集起来，然后一秒不耽搁地塞进储物箱里。我也发现许多砖块不仅仅是墙壁的残骸。爆炸的床肯定把她一个储物箱也炸了个粉碎。

"我的天哪,夏茉,"我说道,耳朵里的嗡嗡声渐渐平息了,"真对不起,我忘了床会爆炸!"

"没关系,"她干脆利落地又说了一遍,"休息一下吧,别动也别说话。"

"我……"我不知该如何开口,重重的负罪感压在心头,只能摇摇晃晃地走近一片狼藉。"要不……"我伸手够到一小团飘在半空的小雪球,"我帮你……"

"不用不用,"夏茉的语气严厉,在我和那堆废墟中间忙个不停,"放着我来处理。你去休息一下,赶快。"她好像没怎么生气,就是有点儿……用什么词形容好呢?匆忙?紧张?

为什么她这么紧张呢?在这个世界丢落的东西是有期限的吗?难道不赶紧收起来东西就会消失吗?她那些建筑材料和精心保存的东西可都是很值钱的!

"我帮你吧,"我说着想绕过她走到废墟那儿,"说真的,我来帮你吧。"

"不用你帮,"她厉声说着,往旁边的箱子里又扔了个东西进去,"管好你的伤口就行了。"

"可你也受伤了啊!"我说道。她为了救我差点儿送命,我心里的负罪感又增加了一层。"要是你不赶快治疗的话……"

说话之间,她又跑到我面前抓起一堆什么东西。

我低头看了看,全都是一模一样的东西,这儿一堆那儿一堆,亮晃晃的金黄色物体。

"夏茉？"我开口道，其实明知故问，"这是什么东西？"

"没什么。"她回答道，同样心知肚明。

"夏茉，"我的胃开始绞痛，天寒地冻中却汗如雨下，"是荧石。"

"不是的，"她的声音很尖，语速很快，"不是很多。"

这么多还说不多。连数都不用数，我就知道有多少。

"夏茉，"我的声音变得浑厚有力，底气十足，"看起来数量足够……"

"不够不够不够……"她仍然不和我的目光对视，手上拼命地把这些确凿的证据铲起来，"你不明白的。"

你让我怎么明白呢。就算再给我十个脑袋我也想不明白。

这段时间，我们原来已经收获了这么多荧石。全在眼前，准备妥当。怎么回事？

"你真的不明白，"夏茉又说了一遍，顺手把最后一堆装进另外的箱子里，"还不够，远远不够。"

"我能看看吗？"我不知道从哪儿来的胆量，"能数数吗？"别误会，我当时就像待在鸡群中间那么害怕，而且远不止此。比起向夏茉坦白我的秘密，解开关于她的秘密可能更加恐怖。"如果这还不够，我能自己点一下数吗？"

"不行，"夏茉扭头面向我，她把身子挡在我和箱子中间，"你别这样。我为自己的话负责，相信我好吗？相信我。"

可我对她的信任坍塌了。在这个世界上，我曾经与饥饿、怪物，以及数不清的突发情况对抗过，可接下来我做的是迄今为止我最勇敢的行为。

"你在骗我是吗？"

"你说什么呢？"夏茉后退几步，挥着双手气喘吁吁地说道，"你怎么能这么说话？！"她的声音里透着愤怒和震惊。我那和事佬的脾气差点儿就要息事宁人了——道歉、和稀泥，免得关系进一步恶化，这就是夏茉的目的。直到现在我才明白过来，真是后知后觉。说真的，我清楚这是审案子的惯用伎俩：指控原告，让他们对自己的观点产生怀疑。

可我不会上当，也不能束手就擒。友谊怎么能建立在秘密和谎言之上呢？你又如何和不了解的人成为真正的朋友呢？

因此我并没有收回我的话，而是步步紧逼："为什么骗我？"我不是故意生气的，但随着问话的深入，怒气越来越盛。"咱们可是说好了的。我那么相信你，你竟然欺骗我？"

话音落下后，我的脑子里思绪万千。不敢相信这竟然发生在我身上，没想到还有这种事！脑海里突然蹦出一个人说的话，好像在一本书上看到过：人们可以直面死亡，但不能忍受我眼前的事情——很陌生却很可怕的感情——背叛。

"夏茉，为什么？"面对她沉默和痛苦的脸庞，我又问了一句，"你为什么骗我？"

"因为我不想和你一起走！"她大吼一声，吓得我倒退几步，"想想看，如果跟我在一起，你就知道下界多有意思了……盖伊，对不对？"她的语气柔和了一点儿，提高了音调，"下界很好玩儿吧？我们待在这儿也能找乐子。你可以盖起自己的房子，想要多大多漂亮都行，我会帮你的。我有山有你有城堡，更别提热水澡和红石灯。而且我保证你以后再也不用在旁边看我吃肉了。"

我从没见过她这个样子，苦苦哀求，眼神绝望。

"夏茱，"我干裂的嘴唇颤抖着，"我必须不断前行。"

"可是，咱们在这儿要什么有什么！""唯独没有回家的那条路。"我的双手摊开，明眼人一看便知，"为什么你不想回家呢？"

夏茱的声音嘶哑了，化成了一连串呜咽的泪水。"因为我不知道回家后自己是谁！如果我是个没朋友的失败者呢？如果我什么都不懂，什么都干不了呢？如果我回去只是个悲伤孤独的无名之辈呢？"她说着，一只四四方方的手向周围一挥，"在这里我才是个人物！我又聪明又强大，掌控一切！下了山我就是女王！你说我能放弃这一切吗？"

这下全明白了。见到夏茱前，我身边发生的那些奇怪事儿终于有了头绪。还记得我头一次爬上这座山听到的咔嚓声吗？肯定是她已经瞧见我了，但又不想暴露。她不愿意被人发现然后落得像现在的这场争吵。所以夏茱把她的窗子都用沙砾糊住，大门用熔岩遮挡，这就是为什么她先让我继续前行，然后再追上来。

她一直跟在后面，可能又想让我发现她。这种内心矛盾的感觉我深有体会。虽然又害怕又忐忑，但必须采取行动，这种左右为难的心情我太熟悉了。

当你内心响起某个声音时，倾听吧！

"夏茉，"我已经冷静了下来，怒气消失，只剩下同情，"我明白了，我很清楚你的感受。当初在岛上我最大，其实内心是不太想离开的。我反反复复地考虑了很久，甚至做了许多计划来麻痹自己，拖延时间，就像咱俩搜寻荧石一样。但我领悟到了一点：舒适区不能使你成长，只有——"

"别说了！"夏茉冲我晃着方方的拳头，"收起你那套说教和唠叨，别老想教我做人！我可是受够了！盖伊你心里清楚，我真是受够你了！"

我肚子上重重挨了一拳，虽然不疼，但很残忍。

"你口是心非。"

"我是真心的。"

她往后一退，扭过头去："盖伊，我已经下定决心，现在到你了。"

我内心最恐惧的，就是再次陷入孤独。可是假如留下来，不就放弃了自己太多的东西了吗？我的希望、我的梦想，当初来到这里的一切缘由……失去所有，只是为了身边每天都会有个人相伴。跟她在一起，意味着要放弃许多许多，这个代价实在太高昂了。

友则十六：朋友不会强迫你放弃自我。

"下决心吧，"夏茉坚持道，完全不和我的目光相交。

"决定了。"我叹了口气，转身向门外走去。

"好吧，"她一动不动，"盖伊，再见了。"

我的世界：山

"再见，夏茉。"我往外走着，最后一刻转过身说道，"刚才你说回家后可能会默默无闻、形单影只，这话不对。你一直都是个大人物，身边永远都有一位好朋友。"

没等她反应过来，我便走出大门掉头就跑。眼下我的体力充沛，这得益于最后几秒钟喝下的那瓶东西。做出这个行动不仅是为了摆脱潜伏的恶魂，也是为了摆脱自己日渐衰退的决心。做出选择是一回事，承担后果则是另一回事：我再一次成了孤家寡人，这么说吧，重新开始挨饿受冻。为什么一个正确的选择会给人带来如此巨大的伤害呢？

我很快返回传送门，一级一级地上了山，怀着悲伤的心情慢慢走到大门口。但随着熔岩流逐渐减弱，我才醒悟过来外面现在是晚上。抬头就能望见寒冷黑暗的荒原，两具骷髅立刻就盯上了我。

两支箭呼啸着向我面门扑来。"找错人了！"我大喊一声关上门，重新启动熔岩开关，然后听见两具骨架燃烧的声音。

"明天再说吧，"我盘算着，"先回客房。明天一早再动身好点。"

那张床，就在我眼前，如果当时我等到我们俩回来后……

想什么呢？那样的话，我们又会继续戴着……那个词怎么形容的？对，"假面具"。来来回回忙忙碌碌，每天收集一点儿用都没有的荧石，只是为了让夏茉有更多时间编织谎言。迟早都要面对这个结果，到时候还会落得现在这般地步，考虑是否退出。

我躺在床上睡了一夜，身子紧紧蜷缩着，悲伤、愤怒交织在一起，不去回想发生的事。要是在这儿多待一晚上，说不定夏茉就出来找我了。对，很有可能。她意识到了自己的错误，循着踪迹来到这里，叫醒我说她准备跟我一起上路。

可是转念一想，不能紧紧抱着不切实际的希望不放。她走了，一切都结束了。

第二天早上，我醒来后依然盼望着能看见夏茉。

"夏茉？"我喊了一声，径直来到主房。

"夏茉，你在吗？"我查看了卧室、厨房、工作间，还去了下面的鸡舍，但一无所获。没有增加新的小鸡，证明她并没有来这儿找食材。

说不定她昨晚来过这儿却没有叫醒我，一定是了。她生我的气，所以回来倒头就睡，压根儿就没理我。

"好吧，冤冤相报何时了。"我气呼呼地想着，走出大山来到光线明亮、天寒地冻的针叶林。我连自己的储备都没补充：食物、箭支、药水，还有额外的合成原料，例如木材和金属之类的。我不想拿她的一针一线，更不想待在那儿跟她争论什么两人一起努力得来的东西我也有一份。

我自己也可以收集到需要的东西，不用向她讨要。我连帮着一起收集的荧石都没拿。她自己留着吧，我才不在乎呢，可以作为证据随时提醒这个人，怎样搞砸了方块世界里千载难逢的友情。下界岩怎么处理？背包里还有一些，就当成纪念品吧。那股臭味让我想起两人间假惺惺的友谊，"背叛"

187

是那种"友谊"的根基。

我没有停下脚步，重新启动熔岩开关。如果她还想继续逃避外面的世界，就是她自己的问题了。生气的感觉真好，怒火就像引擎使我眼望前方、健步如飞。要是她冥顽不灵不愿跟来，我干吗要浪费时间原地等待呢？

我带着这个想法穿过开阔的雪原，进了森林。然而一进去我就感觉有什么变化。首先，一只从没见过的动物与我擦身而过，皮毛雪白、身形很小，看起来有点儿像狼。但我怀疑根本就不是狼，而是犬类的一种。

"你是只狐狸，"我对那条越跑越远，毛茸茸的尾巴说道，"对不对？"

那只动物没有停下来回答，连看都不看我一眼。它喘着粗气，发出高亢的叫声，轻快地飞跃过最近的山脊。

"别想动我一根汗毛，"我在它身后喊道，"也别打那些绵羊的主意。狐狸先生，咱俩以后和睦相处。"

一路走过高大阴暗的森林，我心里觉得很蹊跷，因为以前从没见过这种动物。可能是我很少在林间逗留的缘故，要么是它们白色的皮毛和雪地融为了一体，要么是⋯⋯

我下一个理论的"启迪者"正在山脊另一边等着我。路上是一堆堆的灌木，约莫一格高，上面好像结着深红色的浆果。

以前没有这种东西，要不然我肯定见过，因为上次刚好经过这条小道。紫红色的浆果在森林的棕色和绿色背景映衬下格外抢眼。

难道是随着上一次世界改变而来的吗？当初我们在河里发现鱼的那次吗？很有可能。自那以后我俩还没来得及继续探索。

"谁知道还会有什么其他变故，"我心里琢磨着，走到最近的灌木丛跟前，"会不会是一种新的食物来源——"

"哎哟！"我被藏在灌木下面的刺扎了手，往后一蹦。

"明白了，"我对灌木丛说，"必须谨慎行事。"说到做到，我小心翼翼地伸手去摘这红色的天赐之物，"希望除了刺别再来个其他什么防卫手段了。"

可能有毒。我不知道会不会很快就要把以前生吃鸡肉的经历重温一遍。

"风险越大，收益越大。"浆果快进嘴时，我大声说着给自己打气。

要说这个"大"奖，肯定不是得到超能力，甚至连肚子都填不饱。主要是味道不错。

"嗯！"我又往嘴里塞了几颗甜甜的浆果，"我恨不得马上告诉——"

一想到她的名字我就卡壳了，这甜蜜的果子马上感觉无比苦涩。才过了一会儿，我就差点儿忘了这回事。

我想她自己也能发现这些好吃的，于是又摘了一些果子，怀着悲伤的心情翻过了下一道山坡。

别回头，别犹豫。你已经下定了决心，往前走就是了。

"咩。"

我的世界：山

"嘿,是羊群,"我大喊一声,朝先前碰到的那群绵羊招手,"看到你们平平安安的真开心。"

"咩咩咩。"它们回应着,安静地嚼着青草,对我刚才的经历一无所知。

我不想回味那些弥漫在心底的悲伤,不想让自己感到失落。但看到它们成群结队,我便想起了自己在岛上的绵羊们。要是有能治愈情感的药水就好了。

"嗯,至少你们还有伴儿。"我叹了口气,大步朝树林尽头走去。原本的树木越来越稀疏,取而代之的是另一种白色的树。不到一分钟我就会进入一片完全陌生的土地,那里的冒险和机会更多。

"哞!"有三个身影在最后几棵高大的云杉树下吃草。

是牛。

"哞。"离我最近的那头向我慢慢走来,也可能它又找到了一片鲜嫩多汁的绿草。但是当它一抬头正好瞧见了我,彼此的目光相遇的一刹那……

哞哞是我在岛上最好的朋友。第一个朋友、老师,我们形影不离。就算不在眼前,它也一直陪在我的左右。即使我被困在了迷宫般的矿井里,我也知道它就在上面某个地方,带着一桶牛奶,安心地打着响鼻。我们俩相隔多远都没关系,因为友谊抵消了距离的隔阂。

朋友使你保持理智。

"谢谢你,伙计,"我对牛说道,感觉鼻子一酸,"谢谢你告诉我真相。"

往右一转，我回头望向那座大山。"我要再给她一个机会，朋友不应该在气头上闹掰。"

"哞！"它们边啃着草边回答我。

"没错，"我说道，"互道再见并不代表抛弃友情！话说我已经明白了朋友之间要尊重彼此的道理，为什么不能尊重她想留下来的选择呢？我要回去，跟她和好，还可以帮她完成点亮整座山的心愿。因为我已经跟她说好了，不论发生什么事，朋友都必须说到做到。就算我们说了再见，仍然是朋友。即使朋友分开了，不管到哪儿，她的友情都在我身边，就像哞哞一样！友谊能抵消距离带来的隔阂，而不是任由距离削弱友谊！如果我们为彼此着想、对彼此关怀，那么我们一想到对方就会感到十分安心！"

"哞！"它们一片叫好声，然后掉转身子把黑白相间的屁股对着我。

回去的路上，我又喝了一剂加速药水。"朋友能让你感到安心！"我一路呼喊着，向绵羊、向雪屋、向着冰面下的河鱼，就连蹦蹦跳跳的傻兔子也被我吓了一跳，"朋友能让你感到安心！"

前面就是大山，同我刚刚离开时一样，熔岩瀑布关闭着。难道夏茉没注意到吗？要么是她故意不开，在等着我回来？这是个信号，她道歉了！

"夏茉！"我一边喊着一边冲过对开门，"夏茉，对不起，我不想在气头上闹掰！我原谅你说的话，我也希望你原谅我！"

我蹦蹦跳跳地进了客厅来到主房。"你不想跟我走也没关系！朋友必须尊重彼此的选择，是不是这个理儿？朋友还要互相原谅，夏茉！夏茉？"还是没人回答。我把每个地方都找了个遍，喊她的名字，哪怕几分钟以前刚刚找过的地方我又找了一遍。

一无所获。一片寂静，空无一人。

"一定是回下界了，"我对着空荡荡的墙壁思忖着，"她肯定是趁我在客房睡觉的时候上楼收拾好了所有东西，然后在我起床之前动身了，要不就是刚走的。"带着这个念头我回到主房，不住地点着头，觉得这个解释很合理，"说不定世界已经改变，人们在白天也能睡觉。我走的时候她刚好回来，打了个盹儿，然后马不停蹄地又下去了。"

有这种可能性。不管怎样，我笃定她很好也很安全，随时都会回家。

可我为什么总感觉哪里特别不对劲呢？

第十七章

　　她会回来的，我高兴地想，同时把床安放在传送门房间的入口处。夏茉很快就要现身了，她必须得睡觉啊！如果说她前一晚没回来是因为某些原因，那她现在肯定已经累坏了。她今晚一定会回家的。

　　然而到了第二天早晨，夏茉依然杳无音信，我开始担心了。没错，她可能还在生气，回到山里后，从我身边绕过去直接上床了，要么就是在我醒来之前，又绕过我回了传送门。

　　有可能，但可能性有多大？

　　我觉得事情没那么简单。第三天清晨，我醒来发现夏茉还是无影无踪时，就知道大事不妙了。

　　我再次一个房间一个房间地找过去，一路上喊着她的名字。

　　她回下界了，一定是的！可因为什么呢？她还在生我的气吗？她被困在哪儿，受伤了吗？

我的世界：山

噩梦般的场景一幕幕浮现在眼前：夏茉想跟上我，向我道歉，但谁知道有个恶魂尾随着她！要是……

我应该停下脚步，来个深呼吸，好好思考一下该怎么做。如果我那么做了，这个故事的结尾可能就要改写。

但我没有。

恐慌之下乱了阵脚。

我转身进了传送门，一头扎进紫色旋涡里，回到酷热难耐、臭气熏天、伸手不见五指的黑暗下界。

我喝下一瓶夜视药水，等待眼前模糊的景物变亮，然后拼尽全力寻找我的伙伴。

迎面而来的是熔岩、下界岩，以及偶尔在远处出现的僵尸猪人。

前面是冰立方！她肯定在那儿休养或者疗愈伤口，希望如此。

我过了窄桥，蹦蹦跳跳地穿过下界岩平原。

我的心怦怦直跳，在酷热当中有点儿喘不过气来。我顺着石英小道来到十字路口，往冰立方那边一拐，然后沿着熔岩上方狭窄的悬崖一路奔跑。

这是什么？

有个东西引起了我的注意，使我放慢了脚步。

有些东西……就在熔岩海中，是一个个黑黑的小点儿，太远了看不清。以前我可没见过这些小黑点儿，而且这些小黑点儿还在动！

那些是生物吗？还是岩浆怪？或者是新物种？下界也会跟着上面一起变化吗？

我脑中闪现出狐狸和甜美的浆果。它们可能不是跟着河鱼来的，而是伴随着一个颠覆性的变化而来！如果这个变化是在前两晚发生的，而且也影响到了下界的话……

"呼。"

突然，身后传来一阵鼻息声。我转过身，面对来时的那条道。

一头僵尸猪人朝我逼近，这种小体形的生物我根本不放在眼里。

可是……

"呼！"听声音，看样子，这头猪人却迥然不同，它没有腐烂发臭的皮肤和露在外面的骨头。

"哎呀，你好！"我下意识地说道，可能是盼望着活生生的动物会说话吧，"你有没有，偶然地，看见一个人类穿得跟我差不多，但留着长发，操一口滑稽的方言？"

那头小猪人，或者说乳猪人，抬头盯着我又哼了一声，然后猝不及防地狠狠撞向了我，那真是疼啊！

"啊呀！"我喊了一嗓子，与其说是疼，不如说是恼火，于是我亮出我的剑。如果小猪人跟我们上面的小僵尸一个德行，我非好好教训它一顿不可。说话间，它又向我冲来，这次迎接它的就是锋利的钻石剑了。

"咔！"它嘶叫着，突然间像只蝙蝠似的飞出了下界，真是出乎意料。

"哈哈！"这就对了，我冲它的背影点点头，"最好赶紧跑！你这只小……"

"咔咔！"它老爸来了，比猪崽子可大多了，手持一把金色的宝剑。

"稳住了，"我仗剑在手，严阵以待，"本人可不想惹麻烦。"

果真是个大麻烦。只见那把金光闪闪的剑一下刺来，我举起盾牌一挡，马上回敬一剑，然后顺便又避过对方一剑。

"不难对付，"我说着又是一剑，逼得对方连连后退，"哎哟，你着火了！"

大公猪脚下编了蒜辫子，撞上块燃烧的下界岩，火苗立即跳上它的金铠甲。

"这下回家有熏肉吃了。"我说着刺出最后一剑。

当然，我是不吃熏肉的，而且现在已经心里有数了：这个酷热难耐的地下世界，确实已经彻彻底底变了，而且势头不妙。

夏茉！

我一路狂奔，仿佛手脚不是我自己的。

她一定是遇到了猪人群，说不定这些畜生把她团团围困在冰立方了！

原以为到了夏茉的基地后会看到黑压压的敌人，我连怎么拼出一条生路都想好了。然而，冰立方映入眼帘时，我却发现到处空荡荡的，没有怪物，也没有围攻，这让我心里更害怕了。也就是说她不在家？

"夏茉！"我一把推开门。冰冷的空气拍打着我的脸。眼前的一幕让我从头凉到脚。

夏茉走了，从现场的东西来看，她还花了点儿时间收拾了一番。墙修补过，储物箱也换了，可她到底去哪儿了？

窗外，黑色要塞上方金光闪闪，光线直透窗户，照亮了房间。是烈焰人——刷怪笼不是堵死了吗？它们是怎么突破或者绕过之前筑起的屏障逃脱的？走近窗前，我又看见好多烈焰人，像秃鹫似的盘旋在高耸入云的迷宫上空。夏茉一定在那儿，她身陷烈焰人和猪人群的重重包围，这个世界里所有的怪物，不论是以前的还是刚变出来的，全都向她扑去！

"夏茉，坚持住！"我大吼一声，掉头冲进酷热的世界，"我来了！"

对开门砰的一声打开，我跌入了炽热干燥的空气当中。

一只又大又肥、黏糊糊的岩浆怪正等着我呢。

"来吧！"

它一蹦一跳。

我左一剑右一剑，接着往后一退，一堆小方块在我眼前纷纷落下。

"后会有期！"我大吼着一顿狂刺，那些家伙四散奔逃，"说好了，以后再一决高下！"

我绕开它们跑向悬崖边的阶梯。下到"海滩"后穿过地峡来到要塞，沿着螺旋形的塔楼楼梯爬上空无一人的下界岩

我的世界：山

大厅。

"夏茉！"

我跑上猫道，躲开迎面射过来的第一发火焰弹。

一阵焦煳味。我伸手拿出弓箭，脚下一步不停。

唰——唰——唰！

这次火焰弹从耳朵边擦过去。我退后一步准备放箭。箭支呼啸着径直向目标飞去。

"哈！"我叫了一声，赶紧喝下一瓶治疗药水。

就在那时，我的夜视功能失灵了。

没什么大不了，我心想，伸手去拿药水，然而口袋空空！我并没有多带装备……我什么东西都没带！

立即跑回冰立方，然后补充装备再回来？

不行。这样做虽然明智，但我脑子里想的全都是夏茉——她孤立无援，充满恐惧，身负重伤！

慌乱之下，脑子变成了一锅粥。

"夏茉！你在哪儿？夏茉！"

我跑回走廊，眼前陷入一片漆黑，在下界可从没碰上过这种情况。

火把！我在背包里摸索木柴和煤块。

咔嗒——咔嗒！

骷髅的声音，离我不远了。

正当我把煤块和木棍凑在一起的时候，第一个家伙咔嗒咔嗒地从拐角过来了，我差点儿没看见对方。那些漆黑漆黑的骨架子，是凋灵骷髅！

还没等我伸手抽出宝剑和举起盾牌，我就感到有点儿不对劲。

石剑刺出的伤口没多大，但主要是那种感觉——肌肉、骨骼，甚至所有器官——心力交瘁！好像谁把我肺里的空气偷走了，让我的生命力消耗殆尽。疼痛难忍，头晕目眩。瞬间我便疲惫不堪，好似一个百岁老人。

夏茉曾经多次告诫我不要碰到凋灵骷髅！

我摇摇晃晃后退几步，转身想跑，喘着粗气上了猫道，抽出弓，颤抖着射了一箭。

没中！

第二箭，正好凋零效果消失了。

嗖的一声！正中头骨。第二箭的冲击力把黑炭头对手撞到了猫道的护台上。第三箭，把它射得人仰马翻掉了下去。我眼前天旋地转，浑身无力，于是想伸手再掏出一瓶治疗药水。

没了！

跟夜视药水一个下场。这一次，我可没那个运气选择要不要回冰立方了。

又有两具凋灵骷髅咔嗒咔嗒地落在猫道上，挡住了我的去路。我只好往要塞深处跑去。

狼吞虎咽干掉最后一点儿面包，我跑上隔壁塔楼，下了敞开式楼梯，来到附近另一间漆黑的房间。

我想拿上两支火把，可一支都没有！混战之中我把木棍和煤块全都扔了！它们还在后面，盘旋着，眼看就要消失了！头顶传来凋灵骷髅的咔嗒声，透过窗户能听见暴怒的烈焰人那带着金属质感的喘息声。

幸好它没捉住我。凋灵骷髅的声音越来越近了。我必须把门口堵死，可用什么东西堵呢？木头没了，圆石也没了，我想把身边的下界岩挖出来已经来不及了。

下界岩！我曾经留着几块当纪念品的！于是当凋灵骷髅在头顶上咔嗒咔嗒响个不停时，我赶快把下界岩扔到天花板上。

手忙脚乱时我突然醒悟到，这么做一下子解决了两大难题。

下界岩的火焰永不会熄灭！

我把一块皱巴巴的下界岩放在地上，然后用打火石与铁块撞出来的火星把它点着了。

"这下亮堂了，"我长吁了口气，继续在走廊地上放置点燃的下界岩，"这下起码能看清方向了。"

再一个，哪怕打火石和铁锭用完了，我还可以从天然沙砾里再提炼出打火石来。

透过大厅的窗户，我还发现了一条沙砾矿带，就在地峡旁边的熔岩海滩上。铁锭有点儿麻烦，我只剩下七块了，着急也无济于事，我只能保持乐观，在这个节骨眼儿我也只能保持乐观。

我心里的念头是"起码没有迷路"。我绕过一个拐角，再放下一块"变形火把"。

咔嗒——咔嗒!

声音从前方传来,就在下一个拐角。

"又来了!"我倒不是特别担心,因为有地方可逃,还有多余的下界岩能堵住走廊。

当一具正常的骷髅咔嗒咔嗒地出现在眼前时,我竟然脱口而出:"谢谢你!"

嗖!一支箭正中我的盾牌,听起来像是说:"不客气!"

"该还你个人情了。"我说着伸手拿出发射武器。可当我拉开弓弦时,手里却没有箭。

"又没了吗?!"

没有木柴,没有煤炭,没有药水,现在连箭支也没了!

"行行好吧,老天!"我哀叹一声,朝那个骨头支棱起来的射手一步步紧逼过去。

嗖!狡猾的凋灵骷髅边后撤边放箭,我一闪身避了过去,没伤着我一根汗毛。

"不许动!"我大喝一声,朝空中虚刺一剑,"还不快束手就擒?!"

不知怎的,那个瘦骨伶仃的对手压根儿不听我的。它不住地后退、躲闪、放箭,慢慢将我沿着走廊一路引到黑暗深处,又过了一个十字路口。

必须时刻注意你周围的环境!

我却忽略了这一点。我又热又累,看见冒出来的新对手

201

气不打一处来——这些傻头傻脑的笨蛋浪费了我宝贵的时间。

"你知道是什么下场吧？"

我胸有成竹，但这个世界总是不按常理出牌。

正当我想靠近些再进攻时，背后突然挨了一剑。

又是疼痛难忍，精疲力竭。

碰上了凋灵骷髅！

来不及吃东西，也来不及回头瞧一眼，下意识地，我向前拔腿就跑，躲开伏击的凋灵骷髅，绕过它的那具无声狞笑着的骷髅亲戚。

一支箭嗖的一声扎进眼前的地面，我赶紧来了个急转弯。又是一个急转弯，我又躲过一箭，但屁股上挨了一箭。

我龇牙咧嘴，嘶嘶地吸着凉气，在伸手不见五指的走廊里艰难前行。又响起一阵阵的咔嗒声，背后多了一群骷髅。有多少具骷髅？三具还是四具？我还要再挨几箭？

不行，我得逃跑，找个安全地方躲躲，吃点儿东西，处理伤口，再也不能受伤了！

我放慢脚步，四处张望，肩膀后面传来一阵剧痛。

越远就越安全。

路被堵死了！

又是一具凋灵骷髅，这次它就在我面前，挡住了我的去路，我举起石剑打算反击。

还有力气厮杀吗？能迅速躲闪吗？我咬紧牙关，紧握千斤重的盾牌，全力以赴地在心中暗自祈祷，想求得一丝丝好运。

说时迟那时快，它背后闪过一道钻石光芒，是把斧子！虽然崩口很严重但仍然闪着微微的寒光。凋灵骷髅被砍了一斧，化成一道青烟。斧子的主人出现了，衣衫褴褛，怒气冲冲，器宇轩昂。

"夏茉！"

"盖伊？你跑这儿来干吗？"

"嗯……我来救你。"

第十八章

"跟我来！"夏茉带着我一路飞奔，凋灵骷髅咔嗒咔嗒的脚步声不绝于耳。

拐了两个弯后，我们来到一道木门前，周围是一堵下界岩砌的墙。

"赶快进门！"她招呼道，不用半秒钟我就站在她的临时避难所里。这里原本应该是塔楼里一个带楼梯的房间，但现在楼梯挪走了，光秃秃的下界砖块上种的不是下界疣，而是一排排蘑菇。

眼前的一幕——夏茉和她的房间——不由得让我想起在岛上的日子。当初我困在那儿，迷失了方向，忍饥挨饿不说，还身负重伤。我向地底深处挖去，如同挖向自己的灵魂深处，挖出宽敞的地方，给自己争取时间复原。我的伙伴遍体鳞伤、衣衫褴褛，肯定也经历了相同的遭遇。不过，我还是得问问……

"出什么事了？"

"你碰上咱们的新邻居没？"她问道。

"你是说猪人？"

"我管它们叫猪猡。三头猪猡从我身后冒出来，两头拿剑一头拿着弩。"

"弩是什么样的？"我问道。

"和弓类似，但它的一边……以后我再跟你解释吧。问题是我没有防备。"

说着她叹了口气。

"我受伤了，正要从家里出发去冰立方的路上，当时……"

她摇了摇头。

"有个凶猛的恶魂把咱们困住烈焰人的防线炸了个大窟窿。"

"我看见了。"

"它们一下子钻了出来，对我紧追不舍，眼睛都红了……唉……"

她又叹了口气。

"其实，我当时根本就是欠考虑，"她压低了声音，犹豫不决，吞吞吐吐说不出口，"我根本就是欠考虑，因为我生你的气，也生自己的气，一怒之下赶走了你。"

我低下头看着她没穿靴甲的脚。"不是你赶我走的。当时我的心情也不好。其实……"我抬起头刚好碰上她的目光，"我回来是因为不想和你在气头上闹掰。我还想说一句——"

"不怪你，"她打断我的话，"我先说吧，对不起。"

我的世界：山

"我也是。"

友则十九：朋友之间难免有冲突，但要及时和好。

与夏茉和好后，我的心情无比舒畅，仿佛我不是困在地下，而是站在世界之巅。

"这么着，"我开心地说道，"既然咱俩现在是冷酷杀手，要不去一个冷得直打哆嗦的地方？"

"说得好，"她也乐呵呵地回道，"就是步骤有点儿复杂。"

听了这话，两个人一起哈哈大笑。

"你说对了，"我把手伸进背包里，"给你造一些装备。"

看到她的工作台，我用剩下的七块铁锭里的四块给她合成了一双新的装甲靴。"对不起，我剩下的铁锭不够造头盔。"

"有什么我就用什么，"她边收割蘑菇边说道，"我的菌类作物尽管拿去。"

"不用了，"我说道，幸好还剩下几根胡萝卜，"喝水吗？"我举起最后一瓶。

她摇摇头："最好留到我们真正渴的时候再说。"

"什么叫'真正渴的时候'？"现在给我一座湖我都能一口气喝干。

她又笑了："那咱们就准备慢悠悠一路散步走回冰立方了？"

"这条路线怎么样？"我扭头向后墙走去，"我在想，咱俩一直往上挖，穿过下界岩层到达另外一端的大陆，刚好就是这座塔楼的连接处，对不对？我们可以从另外一边出来，绕一大圈回冰立方。路程稍微长点儿，但不用在要塞里冒险。"

"可能行得通。"夏茉犹豫了一下想说什么，但没出声，后来我才明白，她不想轻易否决我的想法，"只有一个难点，我不知道除了这儿，两块大陆还有没有别的连接处。说不定还得原路返回，到时候咱们的资源就比现在少了。"

"有道理，"我也同意这个想法，"起码咱们做好了最坏的打算。"说着我走到门口。

"准备好，稳住了，跟我来！"

我照做了，却留了一手。

我跟着她深一脚浅一脚地走过一个泥泞的红色大厅，途经一具凋灵骷髅，伸手就能给它一下子，可是夏茉大吼起来，让我别管这家伙。最终我们来到一个让人挠头的十字路口。

"往哪儿去？"我边问边侧耳倾听有没有凋灵骷髅咔嗒咔嗒的脚步声。

"这儿！"她指着右边斩钉截铁地说道，"个人建议。"

"'个人建议？'"要是我能皱眉就好了。

"嗯……"她打了个哈欠，"我都好几天没睡了……我不很确定……"

不仅我怀疑她的判断，连她自己也不自信了。

"不对，"夏茉转了个九十度，"这边，直走。"

"你确定？"

"不确定。"

我的世界：山

"那不就得了。"

她犹犹豫豫，左右为难，瞻前顾后。

"死胡同！"我朝下界岩墙壁大喊一声。夏茉说的粗话我都不好意思写出来！

"原路返回。"她说着转身就走。可正当我透过窗格向外望时，我却看见了一个熟悉的东西在闪闪发光。

一大片空地对面那条高高的走廊，窗子里一闪一闪的——不是我的下界岩火把吗？！"瞧！"我指着窗格外面喊，"是我放的！"

夏茉僵住了，照我看不是因为害怕，而是在心算横跨到对面需要多长时间。"好，"她转身背对我们那条放弃的路说道，"出发！"

等夏茉琢磨出正确的路线后，我们不费吹灰之力就找到了那条火光摇曳的小道，找到上猫道的路后，我的心中腾地燃起了熊熊的希望之火。"我们成——"还没等"功"说出口。

唰——唰——唰！

我的命运也太坎坷了吧！

"小心右边！"夏茉大喝一声。三连发火力射到了我俩中间的位置，旋转的金色弓箭手马上瞄准目标打算再来一发。

哦，应该是三发！

夏茉破口大骂起来，一开始我以为只是对着烈焰人，后来顺着她的目光往猫道下一瞅。

有三具骷髅，一具普通的，两具凋灵骷髅，咔咔响着从塔楼入口处走进来。

明摆着我们不能往前走了，再犹豫不决的话，就给了烈焰人继续开火的机会。

"咱们得干掉这几个家伙，"我提议道，心里已经把所有的路线过了一遍，盘算好了另外一条道，"咱们可以绕回远处的塔楼，只要……夏茉！"

我早就该预料到的，她会一头冲出去，抡起斧子把前边那个凋灵骷髅劈成两半。下面的事我就顾不上了，因为我也冲向了那个骷髅弓箭手。

它举起弓，瞄准夏茉。我一个箭步跳到夏茉前面，用盾牌挡住射来的箭，一剑把那家伙劈成一缕烟，然后转身对付后面的凋灵骷髅。

那家伙气势汹汹地直扑过来，我退到它够不着的地方，又是第二剑，我跳到旁边一闪，接着往前一跃。

正中对方！

这一下子对方的骨头都裂了。凋灵骷髅连连后退，好不容易在边缘站住了。我乘胜追击往前一扑，利剑直指它的心窝。

又刺中了！

这个挨千刀的家伙霎时间化为乌有，我兴高采烈地从心底喊出一句："胜利啦！"

然而欢呼声马上变成一句痛苦的"哇！"，三个火球把我脚下的下界岩点着了。

我从火海中逃出来，提心吊胆，拼命寻找伙伴的踪影。

看见了，她就在深渊旁边！孤身一人，周围没有凋灵骷髅的踪迹，夏茉肯定赢了，但在打斗的过程中受了凋灵骷髅的伤害。

她摇摇晃晃的，身上冒着灰色小泡泡。她知道自己的处境吗？眼看就要掉下去了！

"夏茉，小心！"我拼尽全力奔向她，心里咒骂着这个腐臭、残忍、极其不公平的世界，我连抓住她的手都办不到。

要赶快想个办法！

我飞速爬上护卫台，这个小方块离夏茉还有段距离。要是跳到一个角上怎么样？赌一把！

我狠命一推，夏茉掉到了平坦、宽阔的砖块上。

"呼……"她长出了口气。

唰——唰——唰！

我从悬崖边上跳下来，把夏茉带进了塔楼里。

"对不起！"我上气不接下气，"我只能想出这个办法了！"

"没关系，"泡泡消失后，她的呼吸渐渐恢复了正常，"谢谢你。"

"你能走吗？"我问道，不晓得她的伤有多重。

"我还能跑呢。"她气急败坏地吼了一嗓子。没错，还是夏茉的风格。

"不用啦。"我扫了一眼大厅，寻找敌人的踪影，"还是省省力气吧。"

我把身上所有的食物都给了她：五根胡萝卜和十二颗甜浆果。

"你从哪儿弄来的这些东西？"她问道，狼吞虎咽地把吃的一扫而光。

"上面的森林里，"正说着我的肚子咕咕叫了起来，"等我们出去你就能吃得饱饱的。"

幸好最后一段行程平安无事。走下闷热的过道，四周空无一人。

身体放松下来，呼吸调匀了。我不禁想象回到地面上的美好感觉来，哪怕在冰立方稍作停歇，休整一下也好啊。

凉爽的空气，还有治疗药水。

我走下螺旋形楼梯，四周一片寂静，耳边只有自己的脚步声。

食物！烤马铃薯、萝卜和新鲜松软的面包。

行走在狭窄的地峡上，脚下咯吱咯吱响，我满脑子都是期待中的皑皑雪景。

不知道夏茉有没有准备美味可口的巧克力片——

咻！

恶魂的炸弹到了眼前，我们才反应过来。

"盖伊！"

走在前面的夏茉转身一下子把我推回去。我从白日梦里醒过来，赶紧逃离爆炸地带。

爆炸气浪把她掀起来甩到了我身上。

我的世界：山

我们被呛得咳嗽连连，头昏眼花。等视野恢复后，我发现陆地桥炸飞了，炸出的大洞里滚滚熔岩喷涌而出。

根本没时间去考虑修复毁坏的地方，因为不可能跳过五格长的距离。

咻！又是一发炸弹，我们再次后撤，第二发炸弹将陆地桥炸得连渣都不剩了。

"进入塔楼！"我大喊一声，往楼梯的安全地带跑去。

咻！第三发炸弹的气浪刚好把我们掀进塔楼。

赶紧向上爬。

气喘如牛。

骂骂咧咧的夏茉现在也冷静下来了。"看来我们得试试你那条'风景优美的线路'了。"

我们走回要塞，来到猫道。

"看不见那些气球，"夏茉迅速打量一下四周，仔细观察空旷的地方，"照这么看来也没有烈焰人。"

"它们都埋伏起来伺机而动吧。"我哼了一声。

我说对了，起码烈焰人用了这个伎俩。

我们走到猫道中间，一个旋转的喷火怪从脚下升起来，挡在我们面前。

"尽管来吧！"夏茉冲上前去，我紧随其后。

在这种形势下，狭路相逢勇者胜。

唰——唰——唰！火球掠过我们头顶，落在我们刚才站的位置上，幸好我们移动了位置。

"冲啊！"夏茉高举斧子朝怪物猛扑过去。"让路！"一阵武器叮叮当当的撞击声后，只留下缕缕青烟。一根烈焰棒掉进了她的背包里。

　　我们正打算庆祝一下，恭喜夏茉，就被身后咔嗒咔嗒的凋灵骷髅脚步声打断了。还好，旁边没跟着弓箭手，我们的剑术占绝对优势！

　　而且我们跑起来比它们快多了！

　　我们吃下的食物正在消耗殆尽，拐角处还可能藏着怪物。我们已经无力战斗，必须赶快去她的避难所躲躲。

　　"咕噜！"是猪猡，披着皮革，抢着一把金斧子。

　　它直扑过来，我冲上前一挡。

　　"啊！"盾牌挡了个空，我的胸口结结实实地挨了一下子。

　　"别管它！"夏茉大喊一声，说得倒轻巧，"别浪费时间！"

　　"她把我喝住了，算你走运！"我扭头向猪猡吼了一声，希望这一嗓子能吓破它的胆。然而运气不济，那厮咕噜个不停，看起来并没被我那些威胁的话吓退，它就是冲我们来的。赶紧跑！

　　我们到了地堡，砰的一声关了门，直冲到后墙根。我那把快磨秃的钻石镐凿下界岩就像锹挖沙子一样轻而易举。一直往上、往上、往上，挖一条结实的阶梯延通向外边的土地。

　　我不知道还要挖多久，我唯一的那件工具还能不能挺到最后。这时我听到身后有动静，远远地，地堡的门吱呀呀地打开了。最后一块墙砖凿开，跃入眼帘的是一条滚滚倾泻的

213

我的世界：山

闪亮瀑布。

"熔岩！"

我俩转身就跑，飞快地冲下楼梯。可是刚下来，那头猪猡就手持一把斧子挡住了我们的去路。

"它们怎么开的门？"我大吃一惊，屋漏偏逢连夜雨。

"闪一边去！"夏茉大喝一声，熔岩和猪猡从两边向我们一起逼过来，"闪开！"

我跑向右边这面墙，把所有值钱的东西都捡起来。

要说咱们这个不按常理出牌的方块世界，它的规则在紧要关头未必能帮上忙，但此时此地，熔岩的流动速度慢得像糖浆，可真是救了我俩的小命。

我们离熔岩差不多两格远，后背感觉滚烫滚烫的。夏茉在我身后一格，她才是饱受折磨的人。

可是她没有一句怨言，远处传来一个嚎叫声直刺耳膜，夏茉还轻描淡写地说了一句："好，那家伙完蛋了。"

要不是镐子刚敲坏了，我准得笑出声来。"谢谢！"我喃喃地说着，心里默默地盘算着自己该做些什么事儿。

好吧，徒手挖下界岩不会对手部造成永久性损伤，而且收效可能还不错，但我必须说一句：一点都不好玩！

没有谁喜欢砂纸磨指尖的感觉。一次又一次，一块又一块，一分钟接着一分钟，全都是煎熬。

"要搭把手吗？"大概过了十几格的艰苦劳作后，夏茉开口问道。

"啊，不用了，"我逞强道，"干一整天没问题。"我还趁机作了一首打油诗，把搭档逗得咯咯直笑。

"成功了！"我长舒一口气，走进下界这个荒凉的不毛之地。

"差得远呢！"夏茉说道，因为明眼人都看清了我俩的真实处境。

我们站在大陆对岸的悬崖之上，中间隔着要塞和熔岩湖，还有冉冉升起的恶魂！"前进吧！"夏茉一声令下，我们向内陆开拔。

"等等！"我在后面喊道。

当然，恶魂也不想被丢下，它马上加了一发炮弹。"咻！"

"熔岩海一定要在咱们右手边！"我气喘吁吁地跑上去跟在夏茉身边说道。

"尽量呗。"她好像是回应那枚带着啸声的炮弹。

没有夜视药水帮我们认清地形，我们很难辨认要去的方向。前面可能是条壕沟，于是我大叫一声："前方掩护！"然后掉转方向。又有个炸弹球从头顶飞过，我俩赶忙跳进了浅沟里。"接着跑！"我又喊，心里明白再这样下去就是死路一条。开阔地起码有空间可以回旋，要是敌人从头顶空袭，我们只能坐以待毙。

可接下来那一声"咻"听起来越来越弱，后面的尾音"呜"几乎听不见了。

夏茉肯定跟我想到一起去了，因为她放慢了脚步。我一句"咱们应该安全了"差点儿脱口而出，想了想还是用一串咳嗽掩饰过去。夏茉完全停了下来，伸出一只手让我照做，然后慢慢地把耳朵转向天空。

我俩都没听到什么动静。她走了几格抬头观察。

我待在原地，准备一听到动静就拔腿开溜。

夏茉缓缓抬起头，目光在天空和大地上到处扫视。她的脑袋扭到一百八十度半中间的时候突然停住了。

"不好。"

第十九章

　　如果我的方块小眼睛能睁大的话，我非把眼珠子瞪出来不可。我爬上去和夏茉肩并肩，呆呆地望着眼前的一切，一定是我睡眠不足产生了幻觉，要么就是半明半暗之间看错了。我敢赌咒发誓，映入眼帘的是一个全新的世界。

　　深红色的顶篷下支着巨大的柱子，有些柱子上还垂着藤蔓般的绳子或者发光的立方体，但绝对不是荧石。四周的空气也一闪一闪的——倒不如说，空中有些什么东西闪烁不停。难道是萤火虫？

　　我第一个念头是森林，但又感觉不太可能，可能吗？

　　"我们看见的都是什么玩意儿？"我既问夏茉也是问自己，"到底是什么东西？"

　　"咻！"背后又传来一个熟悉的嚎叫声。

　　"很快就知道了！"夏茉说着跑开了，我也跟着一起跑。我们俩匆忙穿过最后那片开阔地，很快就发现周围都是密密匝匝的树木。还有草！至少长得像草。撇开它们是深红色的不谈，样子和长在地上的青草一模一样。

竟然还有蘑菇！不是棕色或者红白色的品种，很接近下界疣，但却不是下界疣。和我的小腿一样高，灰铁锈色的菌柄，顶着发光的红色菌盖。我的妈呀，这味道！我摘下一朵，刺鼻的腐烂芝士味直蹿上天灵盖。

"我可不想吃这玩意儿，"夏茉提醒我，"除非手头有牛奶或者治疗药水。"

"你从没见过这东西吗？"我问道，"一个都没见过？"

"从没见过，"她忧心忡忡地回答道，"不妨大胆地猜测一下，整个生物群系是跟着猪猡一起出现的。"

"我跟你想的一样，"我边说边把臭蘑菇装起来，"更严重的问题来了，这片红色的森林或是沼泽地——随便怎么叫都好——跟咱们的目的地有什么关联？"

"想弄清楚的话……只有一个办法！"我那胆大包天的伙伴断言道，说到最后两个字时她呛了一下。我这才发现，原以为空中的发光体是萤火虫，其实是燃烧的煤渣。我们周围这些顶篷的柱子看上去是活的。

但嵌在里面的发光体又是什么？荧光果吗？我正要伸手抠下来一个，突然传来一阵鼻息声，我俩不约而同扭过头去。

"你听没听见……"我心里一惊。

"听见了。"她干脆利落地回答。

本以为是一头猪猡，两个人手握武器已经严阵以待，结果我俩什么都看不见——缠满藤蔓的柱子和高低起伏的地势把视野遮挡得严严实实。

又是一阵喘息声，这次听着更近了，仿佛从四面八方传来，根本没法判断确切位置。

"看！"我顺着夏茉的目光抬头往斜坡上一看。就在藤蔓那儿，有个东西在动，长着四条腿，是个动物，体形是绵羊的一半大。

"是头猪？"我问道。

夏茉点点头："可能是头野猪？"

那个动物下了坡，我越看越觉得跟夏茉说得很像，又短又粗、棱角分明的鼻子两边戳着白色獠牙。

这口獠牙看起来颇有杀伤力，我不由得往后退了几步，暗地里打量四周，想规划好一条逃跑的路线。

"别慌，"夏茉咯咯地笑着，野猪已经向她冲过来了，"这小家伙看起来也没那么——"

"呼噜！"它哼了一声，獠牙戳到了她的膝盖。

"啊呀！"夏茉大叫一声，抢起了斧子。

野猪浑身通红，发出一声高亢的痛叫，然后跳上了山坡。

"瞧，赶走那家伙轻而易举，"夏茉笑着说道，"要是能尝尝它的味道就更好了。"

对她的三分钟热度我不敢苟同。这个动物的体形和举动让我心里直打鼓，我想起了第一次在这儿看见的猪崽子，有猪崽子就说明……

219

我的世界：山

"咱们还是赶紧走吧。"我扭头一看夏茉，发现已经晚了。

野猪妈妈在夏茉背后将她狠狠一顶，獠牙一下子把她撞向了熔岩湖！

然后这家伙转向了我。它像牛那么大，背上披着厚厚的皮毛，恶狠狠地打着响鼻瞪着我，好像在说："该轮到你了。"

我来不及查看夏茉的安危，抄起盾牌，挥剑就刺，为了防备对方反扑，我背对陆地。

"呼噜噜噜！"野猪妈妈哼哼着，像一节脱轨的矿车向我扑来，重重地撞了我一下，就算我举着盾牌、抢着利剑，还是被它顶到了半山腰——这么说吧，正中我的下怀。

急中生智。

野猪力大无穷，唯一能压它一头的方法就是在高处作战。要想瞬间登上高处，只能让它给我一个"推动力"，毫无疑问会受伤，但利大于弊。

"来呀！"我大喝一声，"来抓我啊！"

它呼哧呼哧地喘着粗气，摇了摇那攻城锤般的大脑袋，向我的剑猛冲过来。

"生猪要上市了！"我边喊边刺，等着它轰然倒下。

然而事与愿违。我没料到它每撞击我一下，只能把我撞高一格。

"还是退市回家吧！"

接下来想想都知道，一场荣誉之战在獠牙和剑锋之间激烈展开。虽说和我近身搏斗过的怪物不少，但如此难对付的还是头一遭。伤敌八百自损一千，不论是身体还是盔甲，我都伤痕累累。挨了第三下后我感觉自己的肋骨断了。在一阵猛烈的呛咳中，我勉强说完了战斗口号："小猪被揍哭了，哈哈哈！"

等发出第三个"哈"的时候奏效了。猪大神吱吱惨叫着化成了一缕烟，皮革在空中盘旋，接着……

"给你猪肉！"夏苿大喊，我的目光向树上一抬，"被高速汽车撞了以后的补偿！"

"夏苿！"我激动地喊了一嗓子，痛得呼呼直喘，"你没事了！"

"我没飞那么远，"她说着指了指困住自己的柱子，"我为了开条下去的路连斧子都劈坏了，我这把老骨头可不敢跳下来。"

"没事就好！"我扯着嗓子喊道，伸手去拿我的破斧头，"别伤脑筋，我帮你下来。"

"你可以再想几首打油诗当口号，一边战斗一边喊。"她揶揄我，"我在这儿看好戏。"

"坚持一下，"我边砍边说，"你在那儿多待一会儿。"

我砍下几块紫色的木头，帮助夏苿安全地落到地面。她的情况很糟糕，边下来边嘶嘶地吸着冷气："我们现在是天造地设的一对儿了。"我咳嗽了一声，肋骨一阵剧痛，痛得我龇牙咧嘴。

"现在能吃肉了吗？"她问道，伸手去拿什么东西，我猜是猪排。

"你随便，"我点点头，疼得又吸了口冷气，"咱们还是煮熟了再吃吧，食物中毒可不是闹着玩儿的。"

"那还用说，"她四下里打量了一下，"咱们没有圆石造熔炉，就只能吃生肉，希望平安无事。"

"还没到那一步，"我查看了一下手里的紫色木块，"咱们有木柴，这就是基本工具，也就是说，"我发现四周地面像泥土，"草能结出种子。"说着我砸了一下红色草丛，脑子里冒出个主意来。

"你真以为我们有时间在这儿种地？"夏茉不太赞同，明摆着不想这么累。

"也可能行不通，"我找了十丛草都没有发现种子，"但是……"我发现附近长着些蘑菇。这种菌盖是绿色的，而不是带红点的铁锈色。我捡起来放在鼻子底下，味儿真冲。

照实说吧，虽然闻起来不像是含硫的下界岩，但肯定是同一窝的。味道像是牛的产物。为什么这么肯定呢？因为我在原先世界的草丛里闻到过。

讲得通。

我不知道自己是谁，从哪儿来，也不记得原来的世界里的任何事，但敢肯定这玩意儿是用来做肥料的。

"很臭吗？"夏茉问道。

"臭不可闻，"我回答道，"要是蘑菇煲的烹饪食谱没变的话，我们有木头可以做碗，只需要再找一朵——"

又是一阵越来越近的哼哼声，很像野猪。

"看来得等一等了。"夏茉望着我身后说道。我一扭头刚好看见一群——没错，是一群——巨型杀人猪，三头大的两头小的，从山坡上向我们扑过来。

"往这儿来！"我喊着，百米冲刺般跑过一片深红色藤蔓，"沿着岸边走！"

那群欢蹦乱跳、呼哧带喘的动物可没有一丝懈怠，在后面紧追不舍，近得能感觉到它们湿热的鼻息喷在我的后背上。

"太牛了！"夏茉气喘吁吁地调侃着，"蜘蛛的速度和僵尸的耐心。"

"一定能甩掉它们！"我上气不接下气地说道，尽量装出一副乐观的样子来，"走着瞧吧！"

果不其然，我错了，它们一直甩不掉。可谢天谢地，我们总算拉开了一段距离，为克服下一个障碍赢得了时间。

我们在林间飞奔，确保熔岩海一直在我们的右边。突然间道路消失了，眼前是一座怪石嶙峋的悬崖。

赶紧想办法！

"挖洞！"我把剑扔给夏茉，然后赤手空拳挖进下界岩。

第一头野猪追上来的时候，我们已经挖了三格长、两格高的隧道。

"坚持住！"夏茉挥剑大吼着，"走开！"

我眼里除了赶紧挖一条安全的出路外，什么都看不见。耳边是叮叮当当的刀剑声，獠牙猛兽后退的惨叫声，接着是

我的世界：山

暴怒的哼哼声，声音更低沉。

"等等，"夏茉好像想到了什么，当时我又挖了两格，"我觉得它们那么大挤不进来的。"

我回头看到那个垃圾桶大小的脑袋正在我们隧道外嗅来嗅去，"你说得对，"话音未落我就转身继续干活，"它们进不来，我们也出不去。"

我继续像只鼹鼠一样挖洞，不顾手上的刮痛。

"千万别有熔岩，"我对眼前的下界岩墙壁祈祷着，"千万别有熔岩。"

得偿所愿——不过是我挖开了下面的一个方块，发现我们恰好就在嘶嘶作响的滚烫熔岩上方。"哎哟！"我号了一声，跳到夏茉身边。

"现在得用硬实的工具了，"她提议道，"你不是还有三块铁锭吗？"

"是的，"我叹了口气，挖空了一块地方放置工作台，"但我不想一下子把咱们仅存的金属用光。"

木镐用起来很顺手，起码能让我可怜的手指头少受点儿罪。我绕开工作台，越过岩浆，向前挖去，深入到酷热的黑暗中。

大概一分钟左右，一切都很顺利：眼睁睁看着下界岩落下，野猪的叫声在身后不停地回荡。接着我们挖到一处全是黑色石头的矿床。

"黑曜石？"夏茉在背后问道。

"没那么黑，"我摇摇头，仔细查看了一下，"它们肯定是随着变化而来的。"突然我的心脏怦怦跳了起来，"如果是那种普通的灰色石头，咱们就可以升级工具，制造新武器，而且还能合成——"

"等咱们有时间再说！"夏茉提醒道，况且身后还有盯梢的呼呼喘气声，"现在到处转转吧。"

我无话可说，于是挑了旁边一条道。新发现让我的精神为之一振，一块下界岩掉落后，我高兴得蹦起三丈高。

"金子！"

"真的？"夏茉想挤上来看，"就在这儿吗？"

"又是随变化而来的！"我大喊，仔细查看嵌在下界岩里星星点点的亮片，"我们找到金属来源了！"

我脑海里涌现出各种东西：工具、武器、盔甲等。然而猝不及防的一声嚎叫"咕噜！"把我拽回了现实。

"是野猪，"夏茉说着回头往下望着隧道，"难道它们自己打起来了？"

"或者发生了其他状况？"我猜测道。我们俩应该继续前进，哪怕能饱餐一顿或者美美地睡上一觉，也就不会被好奇心左右了。

我们两个人小心翼翼地顺着逃生隧道往回走。"说不定它们正在自相残杀，"我心里想着，不自觉地大声说出来了，"其实，骷髅也经常放箭射死自己人。"

"要么，"夏茉加快了脚步，话音里激动不已，"就是有人杀了它们救咱俩来了！"

我的世界：山

"也是个流浪的人！"我脱口而出，生怕无意中得罪了她，赶紧改口，"也是一个人类！"

黑石矿床转弯处，能看到深深的洞穴。

"应该是有人住在这儿，"夏茉接着说道，"这里是一座舒适安全的要塞！"

即便离洞穴近在咫尺，几乎快紧挨着了，我们还是没有任何发现，但耳边充斥着嚎叫声和咕噜声。

"要么就是有人刚到，在这里生成！"我把木镐换成磨秃了的铁斧，"他们可能碰上麻烦了！我们要不要——"

我们还是自救吧！

就在我们打算窥视一下"大救星"的真面目时，一个戴着金头盔的猪脑袋探了进来。

"不好！"我大喊一声转身就跑，夏茉吐出一句稀奇古怪、关于什么鸟的脏话。

"把它们堵住！"我扭头喊道。听声音，洞口已经聚着几头猪猡了。

"不行！"夏茉也吼着，"所有下界岩都在你那儿！"

我嘀咕了一句，学她把刚才关于什么鸟的脏话重复了一遍，匆匆忙忙把手里的斧又换成镐。

感谢创造世界最强大的力量——运气终于降临到我们头上，隧道没几下就被挖穿了，我们来到了另外一片天地。

起码就树的形状和大小来看，这片森林跟上一片没什么两样。但颜色差别就大了。我们周围的 一切，全都是蓝绿色的——

树木、地面，连空气中飘浮的灰烬，也是如此。这么长时间看惯了红色，突然颜色对比如此强烈，得有一阵子才能适应。

"挡住它们！"夏茉大喊。这时，猪猡群蜂拥而入。我扔下第一块下界岩，干燥闷热的空气中弩箭呼啸着擦过我的脸颊，然后我瞅准位置又扔下第二块。

"好吧，"夏茉长出了口气，"瞧瞧咱们能不能想方设法——"

"咕噜噜噜！"

叫声越来越多，越来越响，越来越近。

"看！"我指着身后的山坡大喊，还有一群野猪。

"老天可怜可怜我们吧！"夏茉呼呼地喘着粗气，我们像没头苍蝇一般跑过森林，"就一会儿，好不好？就一会儿，喘口气！"

我不清楚她在和谁说话，自言自语吗？向命运祈求？要么就是这个世界看不见的创造者？不管她求的是谁，都没有回音。我们挤过几棵带着紫色纹理的树，滑到距离熔岩几格的地方才停了下来。

这是一座半岛，就像一根纤细的手指伸向沸腾的熔岩海！

"咕噜噜噜！"野猪就在我们身后几秒钟的路程。

"好吧，那就这样吧。"夏茉举着剑转过身来。

"没想到我会在这里死去。"

"你不会死的！"我突然间想到一个主意，手里拿着下界岩向前冲去，"咱俩今天谁都不会死！"

227

第二十章

"咱们建一个地堡！"我说着砰地扔下第一块下界岩，"就在这儿！"不知道她有没有捡起那堆扔出的下界岩，因为我已经转身筑起了第一条防线，"快！"

我觉得自己有点儿过于乐观了，单单一道墙可能远远不够，我想百分之百保险，从夏茉急着帮忙来看，她是同意这个做法的。当野猪群向我们扑来的时候，我们已经砌起第一道横跨半岛的墙，高四格。然后是两边，接着是后面，最后是屋顶！我们手头的下界岩所剩不多了，但没关系，"地"上长出的两棵树已经盖住了大部分空间，树上面的荧光果还能照亮。

"看！完成！"我修好了最后一个下界岩屋顶，回头跟夏茉说道，"现在照我说的做，别总是逃跑，别没完没了地战斗。我们得停下来喘口气，采取必要的步骤考虑接下来该做什么。"

"那好吧，"夏茉出乎意料地同意了，"就照你说的办。

现在该做什么？"

"嗯……"我本以为夏茉不同意我掌权的，所以还没考虑那么长远，"我们……嗯……"

"照你经常说的'方法'做吗？"夏茉提议道，"那个所谓的'六步法'？"

"没错！"我说道，"就是六步法！我正要说这个！计划，准备，优先考虑，实践，耐心，坚持！"

"这么说来，"夏茉平静地从面向陆地的一面墙上敲下一块砖，"为了制订计划，我们应该花点儿时间研究一下世界的变化。"

"我又要啰唆了，"我微微一笑说道，接着在面向熔岩的那边也挖了个洞，"优先考虑：观察与学习。"

于是我们仔细观察着，也不知道过了多久，由于没有阳光而且缺乏睡眠，几乎分辨不出早晚。而且我能从那一大锅冒着泡的"开水"中学到的唯一知识，还是我早就明白了的——什么叫死路一条。

耐心。

"咱们的朋友来了。"夏茉喊了一声，打破了沉闷。从哼哼声和金盔甲发出的叮当声，问都不用问，我就知道是什么"朋友"。

"它们又开始了。"听着两头野猪惨叫连连，她说道，"不像在觅食。"

惨叫声越来越响，打斗的动静越来越大。

229

我的世界：山

"一定是为了自卫，"她琢磨着，"要么就是为了好玩儿。"

"禽兽行为，"我说道，"这么一来，跟它们拼个你死我活就心安理得了。"

"撇开道德不谈，"夏茉紧紧盯着我们地堡外那场激烈的厮杀，"咱们能美美地吃上一大顿生猪肉了，我想起来——"说着她从背包里掏出两块粉红色的肉块。

"等等！"我抄起木镐提醒她，"必须想个办法煮熟才行。"

"你要去哪儿？"看见我挖开地面的土，夏茉问道。

"还记得我们凿隧道时见过的黑石吗？"我说着铲掉第一层砖，"肯定还有，说不定就在这儿。"

"嗯，你小心，"同伴提醒道，"谁知道露出的石块下边有没有熔岩。"

"别担心，"我安慰她，咱可从来不会直愣愣地往下挖，"我清醒着呢！"

这次真的让我说中了！

"简直是黑石老窝！"看着露出来的丰富矿藏我大喊了一声，"太好了！"木镐挖坏了又算什么。我们七手八脚地把中央三棵树砍了，弄来一大堆木头，合成了工作台和一把木镐。我一点儿不担心树冠塌下来，因为这个奇妙的世界没有重力。

"太棒了！"我哼着小曲，看着一块一块的黑石飞进背包里，"够做好多工具和熔炉，还有……哎呀！"

"怎么了？"夏茉问道。

我不想表现得太激动，如果判断错误，希望越大失望也就越大。"我能看看你之前从烈焰人手里弄来的烈焰棒吗？"

她点点头递给我："你到底想……天哪！"

"你知道我要干什么，"说着我把烈焰棒和工作台上三块黑石放在一起，"现在开始吧！"

首先是酿造台，轰隆一声落在我俩中间的地板上。

接下来是两个人偶然收集到的各种原料。

然后是下界疣，这是夏茉把栖身之所改造成蘑菇农场后种出来的。

还有我第一次跟岩浆怪搏斗得来的岩浆膏。

最后，虽说可笑，但至关重要的，唯一的一瓶水。

"成功了！"我欢呼起来，手里举着一瓶防火药水，"我们能出去了！"

"不行，"夏茉叹了口气，"我们出不去。"

吱嘎一个急刹车。

"你拿去吧，"夏茉说道，"你从这儿出去，回到地面上收集齐全部盔甲和装备——"

"不行，"说着我把药水推给她，"其实你比我更清楚回去的路，应该你拿着。"

"可这是你应得的。"夏茉的目光垂了下去，语气变软了，"是我把你牵扯进来的，所以我必须留下。"

"我们都是自找的，"我走到她面前反驳道，"咱俩一起离开。"说着我把药水绑在腰上，"我离开过你一次，以后再也不会，永远不会扔下你一个人。"

我的世界：山

友则二十：不能扔下朋友。

夏茉抽了抽鼻子，碰上了我的目光，吐出两个字，声音微微颤抖："谢谢。"

我伸出拳头，她跟我碰了碰。

"加油！"我说着走回工作台，"开弓没有回头箭。"

坚持下去。

用了八块黑石，我们把熔炉造好了。"你饿了？"我瞧见她把生猪肉片塞进上面的灶口里，于是问道。"瞧好了，"我手握一捧紫色原木，"开始……"

一丝火苗都没有。

"啊呀，快点。"

熔炉对这种带蓝绿色纹路的木头也不感兴趣。

"加油！"

"我们是不是抱的希望太大了？"夏茉嘀咕着，伸手又要去拿生肉。

"要不这样，"我举起刚合成的木镐，"咱们所有的办法都试一遍！"

在荧光果微弱的橘红色亮光下，这些木头表面上看起来没什么区别，但以前我在岛上做的实验还历历在目。于是我把工具放在熔炉下面的灶口里，然后发出了一声惊天动地的喊声："啊啊啊，太棒了！"

有火了！

"对我们不起作用的原则，"我手舞足蹈地唱了起来，"自然有它存在的道理！"

我们把原木制成木板，木板再制成木棍，两个人乐呵呵地站在后头，屋子里弥漫着烤猪肉的香气。

"你现在可不能挑三拣四了。"夏茉说着递给我一块热气腾腾的排骨。

"哪儿敢，"我婉拒了这口食物，"你比我更需要补补身子。"

"谢谢你！"夏茉说"你"的时候声音高了八度，好似心头百感交集。她控制了一下情绪，清了清嗓子，又走到面向陆地的窗户前："等野猪走了，我一定帮你把所有的猪排都捡起来。"

"幸好它们不吃猪排，"我说着走回面向熔岩那边的窗子，"猪猡要是吃猪排的话，那真是又吓人又恶心。你觉得呢？"

"我觉得你什么事都想太多。"夏茉说着放声大笑。

我和她一起开怀大笑，正要说几句自以为是的俏皮话，却脱口而出一声惊叫：

"哇！"

"怎么了？"

"快看！"

夏茉又敲掉了我旁边的一个方块。

"你刚才说什么？"

熔岩上的那些点——在改变发生后我立马就看见了——此时近在眼前！它们漫步着，在熔岩里！不是岩浆怪，但外形和大小与其很接近：两条小短腿顶着个大脑袋，颜色和下界岩类似；又宽又薄、皱巴巴的一张嘴上面，有一双几乎跟人类一样的小眼睛；跟豪猪似的稀疏的白色毛发，也许是鬃毛，缓慢地在身体（或者脑袋）两侧摆动着。

至于在它的脑袋（或者身体）顶上……

"那是什么东西？"我指着一个棕褐色，看起来像是画上去的东西。

"从这个角度看不清。"夏茉回答。

"我也是，"从熔岩平面这个高度我很难看清，"只有一个办法能瞧见。"

站在中间那棵树冠如绿海藻般的树下，我砍下了够做四节梯子的木头："我们仔细看看。"

"让我去吧，"夏茉说道，"多亏了猪排，我现在比你还结实。假如碰上恶魂、烈焰人或者猪猡神枪手，我挨一下子也能受得了。"

"你小心点儿，"我把梯子让给她，"也别离边缘太近！"

"我可没这个打算。"话音未落她便爬上了墙。

她嘴里说什么对我来讲仍然是个谜，听起来好像是"昂子"什么的，这个词是什么意思呢？

"你说什么？"我仰头大喊，"看见什么了？"

"一副鞍子！"她喊道，然后一个出溜落到我身边，"盖伊，它戴着副红色鞍子！"

"出去吧！"我跑向窗户，瞪大眼睛拼命看。没错！我终于知道要找的是什么了，绝对是一副鞍子，也就是说——"我们可以骑着这种生物离开这儿！"

我扭头一看夏茉，她手里拿着从要塞里找到的另外一副鞍子："对，就这么办！"

"可不咋的！咱们现在只要下个套儿！"

"对！"夏茉兴奋地说道，"如果它们跟上面的马和猪一样的话，咱们只需要钓鱼竿和胡萝卜就行了！"

"好吧，"我乐得手舞足蹈，"咱们有木头做钓鱼竿，我随身总带着蛛丝，但是……"我跳舞跳成了慢动作，"我们没有胡萝卜呀。"

夏茉的激动情绪戛然而止，发出一声长长的"嗯"。然后说："可能不用。"

"那怎么办？"我问道，以为她有什么好主意。

"也许，"夏茉在窗前踱步，"如果这些在熔岩中漫步的家伙是当地环境的特有产物，它们可能只喜欢当地的食物。"

"可我们没有什么当地的食物呀。"

"没有吗？"我抛出这个问题后顿了顿，然后……

"你真是个天才！"我跳了起来，伸进背包掏出那朵深红色的臭蘑菇。

这个想法是对的，但不是我们马上想到的那个东西。钓竿装好以后，我们却发现那些家伙对深红色的诱饵没兴趣，根本不吞钩。

"应该还能选别的东西当诱饵。"夏茉疲惫地叹了口气。

我的世界：山

"就在咱们脚下！"我弯腰伸手摘下几朵蓝绿色带斑点的品种。

这次它们吞钩了！

"那就来吧，"当我凿开了一堵面向熔岩的墙角时，夏茉说道，"来拿吧。"

然而戴着鞍子的"熔岩行者"离得太远了，所以没注意到。相反地，这些家伙从我们地堡里穿过，径直向海岸走去，真气人！

"看来咱们得走一趟了，"我说着从陆地这边的窗户仔细观察四周有没有危险，"没有猪猡，但出去前最好给你造一把石头剑。"

"来不及了！"夏茉几乎一个箭步跳到窗前，"它要跑了！"

我拓宽出口，发现猪猡与野猪搏斗后，落下的战利品可远远不止那些猪排。四条腿的战士表现杰出，杀光了对手，落下一顶金头盔、一把金剑，还有弩之类的东西。

"接着！"我说着把帽子扔给我光着脑袋的同伴，"你去引来熔岩行者，我收集战利品。"

"好的。"夏茉说道，去追那只戴鞍子的生物了。

我抓起猪排和剑，正要伸手拿弓时，听见一声猪的哼哼。

"盖伊！"

我猛一转身，手里紧握钻石剑。

夏茉在熔岩海滩上，手无寸铁地被包围了！

"别再靠近了！"她跟我说道，让我马上走开。

"它们没有攻击你！"我喊道。她竟然能够轻松地在它们中间游走，我惊呆了！

"真聪明，"她嗔怒地说道，"所以我告诉你别再靠近了。"

"可为什么……"

"我觉得是金头盔的缘由。"

"真的？"

"我跟以前没什么不同吧，对不对？"

"要么，"我说着向她走近半步，"就是钓竿一头的蘑菇，我俩……"

它们全都转过身，喷着响鼻冲过来。

"啊呀！"我奔向地堡。

"把你自己封进去！"夏茉嚷嚷着，"我在这儿没事的！"

"感谢告知！"我朝她喊，一头扎进地堡里，想把过道赶紧堵成窗户的大小。就在这时，紧跟过来的猪猡给了我一击。

"哎哟，伙计！"我疼得龇牙咧嘴，一剑刺去把它逼得连连后退。

"你在里边还好吧？"

"不错，如果你说的'还好'是指出不去，"我气得七窍生烟，"这意味着我出不去，你也进不来，咱俩逃跑的机会就这样没了。"

"哎呀，别叽叽歪歪的！"夏茉咯咯笑了，"到房顶上去把镐子扔给我。"

我的世界：山

"镐子？"我不知道她葫芦里卖的什么药，"你这是要干吗——"

"金子！"夏茉的声音听起来真急了，"另外一顶头盔！"

"你确定是因为你的金头盔？"

"要不然你出个更好的主意？"

我哑口无言，去工作台那儿做了一把黑石镐，以防木头的不好用。

"接着！"我从窗子里吆喝了一声，扔给夏茉一把新工具。

"即刻回来！"她忙不迭地说道，飞快地跑过猪猡群进了隧道，没一会儿她就跑回来了，从窗户扔给我一把金粒，"应该够了。"

真的有用！

我把钻石头盔换成了金的，紧张地咽了一下唾沫，打开窗户钻到了过道里。

它们就在外头，一群恐怖的猪怪物。我望着它们，它们有几只打量着我……却没有一只上来攻击我！

"太棒了！"我长出一口气，在它们中间若无其事地逛着，"嘿，鲍勃，见到你真高兴。弗雷德，最近好吗？凯伦，我真喜欢这把斧子——新打的？"猪猡们只是用亮晶晶的小眼珠子瞪了我一眼，然后一瘸一拐地走进树林去了。

"啊，好的，完全明白了，"我在它们身后打趣道，"尽管去。你有没有我的电话号码？一起吃个午饭呗。"

"你说完了没有？"夏茉清了清嗓子后问道。

我正要给十五分钟的表演来个总结发言，突然听见一声低沉的"咕噜"，猛地扭过头来。

野猪！又一群家伙听到我们的动静了！看它们怒气冲冲地蜂拥而下，好像金头盔没起什么作用。

"好吧！"夏茉喊了一声，又冲回岸边，"看好了！"她朝戴着鞍子的熔岩行者嚷嚷，"瞧我给你带了什么！"

"嗯……也该弄弄这个了，"我嘀咕着，眼瞅着野猪已经到了半山腰，"但不知道诱饵起不起作用！"

"当然起作用啦！"夏茉吆喝着。她未来的坐骑飞奔而来，"这儿！"她喊道，"来这儿！"

嗖的一下她跨了上去，骑上这生物就跟骑马一样！

"把那只也骑上！"她指着另外一只熔岩行者嚷嚷着。

"可我没有第二副鞍子了！"我醒悟过来后失声大叫。这时，一头野猪从天而降。

夏茉用我听不懂的外国话骂了一句，然后把鞍子扔给我。我正要伸手去捡，刚才那头野猪的獠牙正好戳上我屁股。

"盖伊！"

我被撞飞了，直冲着熔岩海而去！

我摔在离熔岩海一格远的地方。虽然没有被活活烧死，但摔得遍体鳞伤，再给我一下子非玩完不可。

"别回头！"夏茉的话几乎淹没在越来越响的哼哼声中，"快抓住那头畜生！"

我把钓竿伸向那个没上鞍子的熔岩行者。它看见我了，冲我跑来。

这么慢！

快点儿啊！

"盖伊！"

差不多了，鞍子套了上去。

"就在你后头！"

鼻息声越来越近，蹄声如雷鸣一般。

"小心！"

第二十一章

"驾！"

疾行奔驰！

脚下就是熔岩！

我才不在乎自己的脚指头被烤成了炸薯条，每呼吸一下肺里都像着了火。

"培根块儿们，后会有期！"我回头冲沙滩上的猪猡叫喝着，想瞧瞧它们离我还有多远，"后会有期！"

"盖伊！"夏茉的喊声从红海对面传来，"你走错方向了！"

"哦，对，"我失声叫道，才发现自己正埋头往岸边的红色森林走去，"我怎么掉头啊？"

"把钓竿转个方向！"夏茉喊道，"往哪儿走就往哪儿指！"

"啊对！"我把钩着蘑菇的钓竿转向同伴的方位，"知

241

道了！"

然后我从她身边疾驰而过，因为根本不晓得怎么停下来！

"吁——"我命令坐骑，然后提高声音，"吁——"

大脑袋畜生只是咕噜咕噜地回应我。

"咕噜，停下来！"我只好求饶，好像给这家伙起个名字它就能听懂似的，"求求你停一下！"

"收起钓竿就行了！"夏茉笑弯了腰。

"收！"我把钓竿揣进腰间后，坐骑乖乖地站定了。

"也不难，"夏茉骑着坐骑一路小跑到我身边，"多练习几次就熟悉了。"

你们可知道还要练习什么吗？在一座掉下去就马上没命的湖中央，骑着一头根本不熟悉的畜生的同时换头盔！

等真的停下来我才意识到，上次跟野猪那一仗给我造成的伤害有多大，害得我是骑行也疼，呼吸也疼，所以我不能落下一丁点儿保护措施。这么着，我打算把金头盔换成我背包里的钻石头盔。

可我不小心把金头盔掉湖里了，头盔掉进"这锅开水"后马上消失得无影无踪。"没关系，"夏茉安慰我说，"一路上肯定还能找着金子。"说着掏出钓竿，我们马不停蹄地出发了。

"我觉得咱们到不了冰立方了，"夏茉说着，脑袋向红色森林的方向偏了偏，"两座熔岩湖不挨着。"

她说对了。我们正在跨过的熔岩湖和之前的黑色要塞之间隔着一座高耸陡峭的悬崖。那一定是我们来红色森林之前经过的大陆，但一路顺着沟底走容易认不清地形。

"如果'海岸'一直在咱们右边，"夏茉加了一句，"咱们就能绕回传送门那儿去。"

"你敢肯定吗？"我带着怀疑的口气问道。

"根本不肯定。"她回答道。

"那好吧，既然别无他法，咱们就好好坐着享受骑行吧。"

于是我们只好这么干了。

倒也不是说新的下界是我春游的首选之地，但目睹这些变化非常有意思。

首先，我从没见过像熔岩行者这么不靠谱的畜生。不仅我们能骑，有几次我看见它们把对方也当马骑。我还见过一个家伙游上了一根熔岩柱，像搭电梯似的一直上到……啊？到了洞顶？

这儿的熔岩很有趣，猪猡和野猪对它避之唯恐不及——想想都知道肯定会被烧伤——然而有一次，我们瞧见一头僵尸猪猡从山坡上滑下来，没起火，也没有遇险的样子，就跟我们从山上清凉的溪流里冲下没什么两样。

对我不起作用的规则，未必就没有用处。

勉强来说，红色森林从远处看去也没那么难看，而且蓝绿色的变种实在太美了。两种树都又宽又高。

好像还有许多浮空岛，其中一些上面长着红色或者蓝绿色的树木。我目不转睛地盯着它们看个不停，这时另一幅罕见的景象吸引了我的注意力：一只熔岩行者咕噜咕噜地叫着走过去，身上还骑着一头僵尸猪猡！远处另一只成年熔岩行者骑着朋友走过，还有一只小小的幼年熔岩行者骑着自己的爸妈。

"我有个想法。"说着我赶到夏茉身边。

"是什么呢？"她问道，目不转睛地望着我们前行的道路。

"既然有小行者，就应该能饲养。"

"然后吃了它们？"

"你说什么呢？！当然不是！"

夏茉笑得直不起腰："我就吓唬吓唬你。"

"哈，哈，"我假笑几声，然后跟坐骑说，"咕噜，别理她。"

夏茉看见我这个德行摇了摇头，看来她要憋着给我来个大招了。

然而就在那时我们一脚踏进了个新环境，一切都截然不同，完全出乎我们的意料。我的方脑袋转来转去，目不暇接。

首先，空气又变了。蓝绿色森林景象变成了灰蒙蒙的浓雾。这里也不知道是被谁创造出来的，创造者要么当时心不在焉，要么就是真的很幽默。地面由某种灰色或者黑色的材料组成，起伏不平，到处都是尖角、不规则的斑块。整个生物群系就像长着一口烂牙的怪物嘴。我俩张望了半天，也没找到一处可以安全落脚的地方。

"越来越奇怪了！"夏茉迷惑不解地说道，这句话很耳熟，好像在什么地方听过。是那本描写小女孩掉进兔子洞，还是俩哥们儿在拉斯维加斯发疯的书呢？不论是哪一个，这句话都很符合这里的情况，尤其是岩浆怪。

多得不计其数！

它们要么在浮空的小岛上到处乱蹦，要么在岩浆里劈波斩浪。

"嗯，"看着眼前的景象我浮想联翩，"这儿的岩浆膏少不了。"

"酿造药水还得再多弄点儿水来。"夏茉叹了口气。

"对的。"我也叹了口气，脑子里想的全都是一杯清凉的饮料。

"看你头顶！"夏茉喊了一句，把她的坐骑一把扯开。

我抬头一看，已经太晚了，一团刺眼的东西掉下来砸到了我身上。

受伤倒是不重——我谢谢你啊，钻石头盔！——但我感觉到胯下的动物在瑟瑟发抖。

"你还好吧，咕噜？"我问道，凑巧一抬头。

一双冷酷无情、橘黄色的大眼睛正向下瞪着我们，这个活物突然又动了一下。

"盖伊，快跑！"

我把钓竿往旁边一转，哄着咕噜离开这个危险地区。"在熔岩上你跑得快，"我跟这个紧追竿子的"小跳蚤"说个没完，"但在平地上你怎么也追不上我！"

"老天开开眼吧！"夏茉吼了一嗓子，"别浪费时间跟它逗乐了！"

我抬头瞧了瞧四周，岩浆怪们从四面八方涌来，没一会儿就把我俩团团包围了。

"往这儿来！"夏茉一声喊，飞奔着越过岩浆怪群中最宽的那道缺口。我想追上她，但缺口很快就要合拢。两头岩浆怪一左一右向我逼近。

"咕噜，快点儿！"我催促着慢悠悠的坐骑，"要不然你也没命了！"

就算它能听懂我的话，也未必能跑多快。我们越来越近，缺口也越来越窄。"盖伊，再快点儿！"夏茉说着折了回来。

岩浆怪和夏茉不约而同地跳了起来，我瞧见金剑一闪！

虽然没有劈成两半，起码一闪一闪的"红色跳蚤"不挡我道了。

"谢谢了！"我上气不接下气地说道。

"先不急着谢我！"夏茉冲到我头前，"咱们还很危险呢！"

按照夏茉的看法，这个世界说不定就是一款电子游戏，或者像我说的，它仅仅模拟了一个游戏。不论是不是游戏，接来下惊心动魄的几分钟都会同步到电子记分板上。

岩浆怪无处不在，在岛上跳个没完！我们眼睁睁地看着它们落下悬崖，从四面八方步步逼近。

转身！闪躲！

从两根石柱子中间挤过去！

右边！左边！

跨过一堆岩石后，咕噜慢了下来，它受伤了。虽然它还能够在陆地走动，但每一步都痛苦万分。

必须回到火里去，到广阔的空间里，奔向熔岩瀑布……

别过来！

一个岩浆怪从滚动的柱子上跳下来，扑通一声出现在我面前，我像卡通片里的胆小鬼一般惊叫一声停了下来。

"我们马上就能脱身了！"夏茉就在我前面一点儿，用钓竿到处指挥着。

再也没有蹦跶着的怪物挡道了，再也没有犬牙交错的怪石，我们回到了那个熟悉的、变化前的不毛之地。我们左边除了暴露的熔岩流外就是一片荒芜，我们右边还是那个平平无奇、高悬于地面的下界岩悬崖，它一直到……

"看啊！"夏茉的声音又惊又喜。

我停下脚步，伸长了脖子。

头顶的悬崖边有一个插着火把的下界石英立方体！"看那儿！"我指着另外几个，扯着嗓子喊起来。就是那条路，离我们近在咫尺，很容易走。

"那就来吧！"夏茉欢呼着，两个人骑着熔岩行者走在那条路下方平行的位置，"我知道咱们的方位了！"

我没说话，满世界搜寻哪个地方有陆路可走。海滩、山坡，哪怕是个笔直陡峭的悬崖，只要能让我们挖条向上的隧道就行。问题是，小路建在悬空于海面的山崖上，然而崖顶太高了，要爬上去我们连想都不敢想。爱信不信，每个办法我都考虑过了。我也不愿意去设想，假如（老天保佑千万别）这条小道无情地抛弃我们，扭头进了内陆可怎么办。

"哪怕最后离正确的道路有十万八千里，"考虑几分钟后我投降了，"我们也只能向上挖隧道。山崖往下一定的距离就是下界岩和熔岩的交汇地，起码我们还能钻到——"

"不是——看那儿！"夏茉停下脚步，指着前方暗淡的蓝光。

透过薄雾很难看清什么，但如果骑得再近点儿应该能分辨出几种火光，是蓝绿色的。

"改变的土地越来越多，"我仔细观察着，"看来这是上去那条道的唯一途径。"

"真的吗？"夏茉不太赞同，"还不如在悬崖上挖隧道来得稳妥。这有点儿冒险。"

"真的吗？"我又把皮球踢给她，指着我刚才说的那座山崖，"就算能找到挖隧道的地方（似乎不太可能），但我们头顶的熔岩坑可是个巨大的隐患哪。"她一下哑巴了。我趁热打铁："起码这片新的土地可能直接通往小道，如果它确实很开阔，那么即使遇见……"

"咻！"

我们下意识地把坐骑拽到两边。

"什么都看不见！"我喊着，火焰弹射到我们两人中间，角度很奇怪，非常低。

"我也是！"夏茉的眼睛盯着空中。

百思不得其解。

我们扫视着重重迷雾，寻找飘浮投弹手的踪影，还是毫无头绪！

"咻！"又是一发炮弹，这次是从我们身后发出的。

我们两人乘着坐骑又躲开了，这时我发现燃烧弹是贴着地面飞行的。

"它从哪儿……"我开口问道，循着炮弹看不见的轨迹一查看，才恍然大悟原来是之前我们看的方向错了。

咻的一声，那家伙从海面窜出来，额头惨白，眼圈乌黑。

"看下面！"我冲夏茉嚷嚷，"它在熔岩海里！"

"还从没见过它们有这个本事呢，"夏茉用她一贯漫不经心的语气咕哝着，"看来我们得赶紧上去了。"

"来不及了，"那张扁嘴又要张开发射火球了，让人心惊肉跳，"我来吸引它的火力！"

老把戏，新情况。

夏茉绕了一大圈来到恶魂背后，我和咕噜则飞奔到它鼻子前头。

"对不起，为难你了，"我对咕噜低声道，"没征求过你的意见。说真的，要不是迫不得已我也不会这么干的！"

咕噜只是咕噜了一声，好像在说："少废话，该干吗干吗！"

一开始我们要避开火球还轻而易举，但随着距离越来越

249

近，留给我们闪避的时间也就越来越短。

"说真的，我坚持不住了！"咕噜气喘吁吁地咕噜着，我猜大概就是这么个意思。

"明白！"我咕哝着。这时一个火球擦脸而过，把我露在外面的鼻毛都燎着了，"只要再近一点儿，就一点儿……"

快到了，眼看就要进入剑的攻击范围了，那个白色的大家伙身后突然亮起一道金光。

倏地一闪，快断气的恶魂嘶嘶叫着。夏茉骑着坐骑来到我身边。

"真可惜，"她喃喃地说道，砰砰响的怪物慢慢沉了下去，"这样就没法采集到眼泪了。"

"老天可怜可怜我吧，别这样！"我学着她的口音和挖苦的语气回敬道，"我只想咱们能安全地活着回家。"

我猜夏茉想开玩笑地打我一下，可我已经骑着坐骑跑到了四格外远，左躲右闪让她根本抓不着。"你给我回来！"她笑弯了腰。

"兔子快跑！"我唱着歌回答，领着她向神秘的蓝色火光走去。

第二十二章

这是另外一片新大陆，我印象里从没见过环境这么恶劣的地方。

海蓝色的薄雾中有一座山谷，看似普通，却主要由灵魂沙沉积而成，光亮由此发出。土地一片片地燃烧着，摇曳的火光显得异常诡异，像蓝色的炉火芯，闻起来也有点儿像火炉点火前散发出的煤气味。我模糊的记忆不知道对不对，吸入煤气不会中毒吗？

死亡好像高悬在头顶。对，听起来有点儿夸张，但要不了多久你就明白我的意思了。骑到岸边后，至少我要跟地下世界的坐骑动情地话别。

"好啦，你走吧。"夏茉就说了这一句话，骑着熔岩行者上了岸，从它背上跳了下来，把这只浑身颤抖、受尽折磨的坐骑推回了它的栖息地熔岩湖。

我的举动也差不多，但当这个唠唠叨叨、毛茸茸的脑袋回头看我时，我忍不住说了一句："谢谢！"

我跟这种动物相处时间不长，对它们不甚了解，可短短一段时间接触下来，我总是忍不住想起哞哞，不知道它和那群动物现在好不好。我知道这样有点儿多愁善感，也有点儿傻。当咕噜转身回归自己的酷热世界时，我悄悄对它说："如果你上来以后需要朋友，有整整一个岛的伙伴都想跟你见面呢。"

"我们走吧。"夏茉不住地催促我，"看目前的情况，我们的日子不会太好过。"

她指的是灵魂沙——整个沙滩踏上去会让你寸步难移。嘎吱、嘎吱、嘎吱，一步一个脚印，就算再小心，我还是感觉灵魂沙进了靴子。

"别怕，"夏茉一眼就看出来我在想什么，"咱们走出去沙子就消失了，就跟你出水以后就晾干了一样。"

"嗯，那还行。"我嘟囔着，脚趾缝里的沙粒又硬又痒真难受。

"你一定会平安无事的。"夏茉斩钉截铁地说道。

"它就未必了。"我凌空一指刚才路过的四座拱门，通体白色，很是怪异。我走近一看发现不是石英的，便伸手砸了一下其中一块，猜得没错，果然是坚硬的骨头。

这是某种巨型生物的残骸。"想想看，"我呼吸急促了，"一个新生成的地方，竟然有远古的骨架。"

"还有废墟。"夏茉加上一句，指着另外一种类型的"骷髅"。没错，眼下我诗意大发。因为这是一座要塞的"枯骨"，一座坍塌的废墟，在以前的全盛时期，肯定是一座辉煌宏伟的建筑。

和熔岩里冒出来的那些又高又细的尖塔不同，这座建在陆地上的要塞由两座又矮又粗的主楼组成。"主楼"是用作要塞建筑的词吧？一座看起来还算完好，然而另外一座已经露出了"骨头"。

"不干，"夏茉抢先一步说道，"我才不想去探个究竟。"

"为什么？"我不依不饶，"反正传送门没有长脚。到处日新月异，谁知道上头又会发生什么事。如果这个地方……"我扭头瞅了一眼黑乎乎的要塞，"像熔岩堡那样，我们说不定还能找到箱子，里面都是咱们想要的东西。"

"要是又碰上一群坏蛋怎么办？"夏茉反驳我。

"在走向来世的路上，你就可以把一切都怪在我身上了。"

这个回答很妙，我还自顾自点了点头。

夏茉考虑了一会儿，叹了口气，掉头向废墟走去。

哇，毁得真彻底！

几乎分辨不出原来的结构是什么样的。我认为保存完好的主楼应该是由各种原材料搭建起来的：有波浪形的灰色岩石，有一些黑石，还有黑石制成的砖块。我们走进主楼后一瞧，才发现黑石里嵌着星星点点的金子。

"这儿的金子够我做一顶新头盔了，"我边说边贪婪地欣赏那诱人的光泽，"而且远不止此。"

我的世界：山

"咱们回去的时候再采集吧，"夏茉神情紧张，"现在可别磨磨蹭蹭的。"

"我也不想'磨磨蹭蹭'，"我半开玩笑半同意地回答，"那边是有亮光吗？"

就在一楼的拐角处。

"说不定又是熔岩。"夏茉说道。

我俩蹑手蹑脚地走近，结果发现是一盏灯，外面罩着金属笼子。

"你认为这些都是随着变化而来的吗？"我边问边从天花板上把灯笼摘下来。它就像火把一样，在我手里明暗闪烁。

"我才懒得管，"夏茉说道，"有光就行。"

"同意，"我说着把它重新挂回墙上，"还有一盏！"

在我们下方，沿着倾斜的黑石望过去，那盏灯笼把下面一层都照亮了。

"小心！"夏茉提醒我，她每走一步都四处打量，仔细聆听。

这座地下室——大约是在地下二层——像个展览馆，把下界的各种死法全都罗列了出来：一片片的岩浆块，一座小小的熔岩池，几个黑洞，掉进去以后是什么地方你我都懂。我们呆呆地望着广阔的废墟，隐约发现远处有动静，不是一头野猪就是一头落单的猪猡。

"我们还是离开这儿吧。"夏茉提议道，转身走向台阶。

"慢着！"我指着一个几乎被黑石砖柱子挡住的东西，

它的颜色十分突兀，好像不该出现在这儿：明亮的古铜色。

"是口宝箱！"我一个箭步下了最后一级台阶，连蹦带跳地穿过危机四伏的地面，"中大奖啦！"

金子！大块纯金！绝对够打造一堆武器、工具和整套盔甲了！箱子里除了金子，还有几个棕色的旧盘子，好像大有来头。可能是这个世界上独一无二的东西，让我生出了无穷的好奇心。

"这又是什么玩意儿？"

有点儿像黑曜石，但带着些发光的紫色纹理。

"以后再慢慢研究！"看我像个在玩具店东翻西找的孩子似的，夏茉大喝一声。

"有吃的！"我喊了一嗓子，递给她两块熟猪排，"咱俩都有份！"箱子底还压着九根金色的胡萝卜，又甜又脆，还有特别的治疗功效。

"嘿嘿，感觉好多了。"我哼着小曲儿，身体已经焕然一新，伤病和疼痛一扫而光。我把箱子翻了个底朝天，找到几支箭——每个人能分到三支。最后我还在箱子里找到了世界上最宝贵的财富——一本书！

"全都写得明明白白！"我激动得上气不接下气，用手指把书快速翻了一遍，"关于变化的所有知识！"

"能不能以后再看？"夏茉可是一点儿没开玩笑。

我充耳不闻。

"知道了！红色的树林叫作'绯红森林'，记住了！不知道为什么，蓝绿色的树林叫作'诡异森林'。咱们的熔岩行者叫作'炽足兽'。"

"盖伊……"她的声音低了下去，听起来冷静、理智而非恼怒。

"我们刚通过的那座锯齿状的迷宫叫作'玄武岩三角洲……'"

"盖伊！"声音大了一点儿，更急迫了。

"这种新的金属叫作——"

"咕噜！"

书啪的一声合上，眼睛一抬。

一群野猪，更准确地说应该叫疣猪兽——多谢那本书——刚刚从另一头进入了地下室。我看见它们的时候，对方也瞅见了我。

"赶快！"我大吼一声。它们原本漫不经心地逛着，现在全都掉头朝我们飞奔过来。"快跑！"我们跑回楼上，刚好……

迎头碰上猪灵！书上就是这么称呼的。它们对我这个没戴金头盔的"目标"死命追赶。

"去另外那座塔！"夏茉大吼一声，后退一步让我跑前头，"我来掩护你！"要是没回头看一眼，我还不明白她的意思。听说过"被动抵抗"这个词吗？我也忘了在哪儿看的，先前并不明白它确切的含义。但眼下夏茉挡在猪灵面前，这种情况倒很适合这个词。她没有主动发起进攻，只是被动地挡住它们的去路。

猪灵也许并没有注意到她的存在，或者只是把她当成了自己阵营里某个不识眼色的家伙。我听见它们哼哼着，好像在说："我说伙计，让一让。"可它们并没有抄家伙动粗。

"夏茉，谢谢你！"话音还没落，我就一头钻进另外那栋主楼墙上的一个洞里……

马上就后悔了，真希望自己没来。从外面看，这栋主楼还算结实。然而一踏进主厅，我就发现里边完全是空的，上下一共九层，大部分楼层都没了，只剩下头顶纵横交错、千疮百孔的猫道。而且一楼，也就是我站的地方，让我想起小时候玩过的一个游戏，听说过《熔岩地板》吗？

几乎就是眼前的一幕。

中心有一片岩石带，上面是硬邦邦的金块和一口合上的箱子。我还等什么，干吗不赶快跑过去抓起金块，打开箱子呢？

其实这跟箱子上方猫道上的刷怪笼有关，因为从里边往外一个劲儿地蹦岩浆怪！"那好吧，"我刚说了一句，就看见一团蹦蹦跳跳的东西溅到我面前，"咱们回见吧。"

接着好像是为了故意赶人似的，一支箭嗖地落在我两脚之间，证明这栋空荡荡的主楼里，猪灵和骷髅绝对少不了。

我可不会傻到说什么"屋漏偏逢连夜雨"，但后来还是犯傻了。因为我正转身要往大门溜时，发觉被刚才那群猪灵挡住了去路。夏茉出什么事了？她还在拼命拖住敌人吗？这座要塞暗中还藏着多少危险？

"它们不可能一拥而上。"我手里紧紧握着武器暗自揣度，脑子飞快地转着。大厅很窄，来一个杀一个，来两个杀一双！我能对付！

根本就不用费事！这时在十格远的地方响起一阵骚动，它们齐刷刷地扭头往那个方向望去。

"慢着，你去哪儿了？"我差点儿脱口而出，然后就瞧见夏茉的箭正插在一个畜生的背上！

关于那些金头盔有个小道消息：一旦你跟猪灵动起手，头盔的伪装功能就失效了。我不清楚它们是否真的知道你的身份，或者根本就不在乎，关键是一旦开打，一切都完了。

我冲出掩体，发现战友已经跑了。好消息是她已经领先了猪灵群一大步；坏消息是灵魂沙拖慢了她的速度，两方人马的距离越来越近！

没错，如果全部人都陷在里面，速度都会变成蜗牛那么慢。但我从这个角度望去，却只看见他们的距离正一点点儿缩小。

我该怎么做才能给她搭把手？

一个计划在我脑子里形成了——虽然还不完善。我的手已经伸向腰间的弩。与传统的弓不同，这件武器必须一路向后扳；还有一个不同是，一扳扳机就能锁死，也就是在充分准备好发射之前，我根本无须手忙脚乱！

嗖！

结果……

"咔啦！"

所有人，包括夏茉，全都转过头来。

"一直跑，别停下！"面对黑压压逼近的敌人，我向远处的她大喊着，"那条路上见！"

我猜她跟我喊的无非是："你想干吗？"在一片刺耳的哼哼声中，我不仅听不清，而且也不知该如何作答。这时我脑海里又冒出个不成熟的计划。

这个巧妙的计划是为了化解身后的威胁，它利用了燃烧的灵魂沙，还有我背包里磨得发亮的打火石。

你一定猜出来了——这就是蓝火屏障。

我一路沿着高低起伏的棕色沙地边缘狂奔，依次点亮每一块地方，最后那把C形的工具终于耗尽，一阵叮当声后消失了。

"没错，这就对了！"那群气势汹汹、恶狠狠叫着的家伙到了蓝白相间的警戒线时一个急刹车，我幸灾乐祸地出言相讥。它们仿佛在问："你要干吗，嗯？你想干吗？"

我手中的弩就是回答。

"收到。"我低声说，然后退到废墟的"安全地带"。

就在那时，我突然意识到从敌人出没的要塞穿过去，才是跟夏茉会合的不二路线，可是已经晚了。

"瞧瞧我干的这些好事儿。"我埋怨起自己来，一路撤到黑色的砖砌走廊里。

回了熔岩那儿，我跟一头猪灵撞了个满怀，然后一剑把它送到了脚下的火海里。接下来我才面临着真正的挑战。

我的世界：山

你要是看过《我的世界：海岛》那本书，就会记得这么一个情节：我第一座房子烧塌的时候，只有一个办法能堵住浴缸里涌出来的熔岩，那就是把上面玻璃缸的水放出来。就算你没看过那本书，你现在也知道了。无论如何，要这么干首先必须在火流中放置土块当"垫脚石"。不幸的是，我当时没有照做，结果差点儿被活活烧死——这个教训深深地刻在了我脑海里。

现在遇到了同样的情形，这次的垫脚石是黑石，我估摸着数量足够我先跳到中心小岛，然后再跨到另一边。

"呼噜！"顶楼出现一群猪灵，径直向我扑过来。

我后退半步，来了个深呼吸（以后别再碰上这种事了），然后跳到第一块石头上。

成功了！

还有六块石头便大功告成。

嗖！我肩膀中了一箭，差点儿一个趔趄掉进熔岩里。一具骷髅正站在头顶猫道上，挑衅地盯着我。

我举起弩瞄准目标，同时迅速举盾挡下对方又一箭，然后进行反击。骷髅应声倒在熊熊燃烧的大浴池子里。我跳到第二格，然后是第三格、第四格、第五格，差点儿从第六格滑下去，然后打起精神跳到湖心岛上。

我重重地落在地面，一个岩浆怪正好蹦到我身上。我向上一挥，把它劈成几个小块，然后赶紧跑到箱子那儿看看有没有我用得上的东西。有四块金子、三块铁，还有一把钻石镐，上面闪耀的神秘光芒和有些僵尸猪灵武器上的一模一样。

我拿着那把工具，手里直发麻，跟通了电似的。我伸手去砸高高挂着的刷怪笼，轻轻一下就把那玩意儿变成了碎片。

"哇！"我激动得屏住呼吸，把这个神奇的魔法工具塞进腰间。

紧紧挨着防火药水。

我压根儿就忘了这瓶药水！

以后再也用不上了！

因为我瞧见一座黑石桥把这头的小岛和另一头连接起来。我开足马力冲过去，发现桥的尽头是一堵结实的墙。这可难不倒我，现在就看这把亮闪闪的镐子大显身手了。

一定是魔法，要不然很难解释得通。不论什么材质都不在话下，钻石镐削铁如泥。

我冲出要塞上到地面，现在脚踏实地，比在灵魂沙上奔跑要容易多了。映入眼帘的是远处一个石英立方体，我的心怦怦跳了起来。

"夏茉！"我拼命喊着，高高举起我刚到手的战利品奔向她，"瞧我给你带什么好东西了！"

"好极了！"当我气喘吁吁地跑到她身边后，她说道，"路上你再讲讲详细经过。"

"你明白这个有什么用吗？"两个人在石英小道上前行时，我激动地问她，"这个世界上是有魔法的！也就是说，咱们可以自己动手给其他工具和武器附魔，而且——"

"而且咱们要是到不了传送门，"夏茉也喘着粗气说道，"以后就再也用不上魔法了。"

远远地在平原那头，有一道紫色的光芒。"到了！"我大喊起来。

终于得救了！

到家啦！

"呜呜呜。"

我们吃了一惊停下来，只见传送门后面慢悠悠地升起一只恶魂。

"你跟我开玩笑吧！"我怒不可遏。这时叽叽歪歪的轰炸机向着我们开火了。

"又来了。"夏茉还是一副平静的样子，若无其事地躲开炮弹。

恶魂飘过传送门，向我们的方向而来。"分散它的注意力！"夏茉大喊着，在弓弦上搭了一支箭。

箭矢飞出，正中目标，但没有造成什么致命伤害。

"应该再退后一点。"她咕哝着。

"没问题，伙计！"我扳住弩，仔细瞄准。我和恶魂同时发射，我敢打赌，接下来的事我可得意了——半空中我的箭把对方的炮弹拦腰截住了！

"哇！"我欢呼起来，对方趁机又发出一枚炮弹。

好可惜，它没打中。然而这短短的间隙给了我机会抽出一支箭——也是最后一支——搭在弦上。恶魂飘走了，我只好把箭头抬高。

我默默地念叨着，锋利的箭矢嗖地飞了出去。

向目标挺近——降落——降落——正中一头僵尸猪灵的面门！

糟了！

它们全都齐刷刷地扭过头来。

夏茉瞅了我一眼，叹了口气，接着扭头朝迎面而来的一大群敌人喊道："冲啊！"

我们抄起武器呐喊着冲向敌人，现场一片刀光剑影，盾牌、盔甲、血肉横飞，哀号惨叫，还有皮肉烧焦的臭味。

寡不敌众，我们且战且退，但无路可退。

"咻！"

爆炸气浪把我往前一拱，我掉在一堆盘旋的碎片中。

"盖伊！门开了！"听到身后传来夏茉的声音，我顺势往前一瞧。

传送门近在眼前，门口没人！

"快！"

我一跃而起奋力奔跑，眼睛紧紧盯着跳跃的紫红色。只有几步就到了！

"咻！"

爆炸刚好在我身后，一下子把我掀进门里。

我胃里一阵翻腾，伸手不见五指。

灰色石头！

我的世界：山

清新凉爽的空气！

"夏茉！"我扭头喊道，"我们成功——"

一把斧子从我脸上掠过。

猪灵蛮兵？肯定是跟着我一起进的门！

又来一斧，我用盾牌一挡，结果被推出传送门大厅一直到了花园，太远了够不着铁门锁。对方又来一斧，我噔噔噔往后退了几步。这次我还了一剑，一阵猛烈的冲击反弹过来，于是我后撤几步，给自己更宽裕的回旋空间。

这几步的距离一拉开，我发现对手有点儿不对劲。它浑身发抖……而且还发出吱吱呜呜的声音？受伤了吗？除了我还有谁揍它？

"嘿，"我忘了对手是谁，还跟它说起了话，"你还好吧？"

对方举起一斧子作为回答。

我挨了一下子，准备反击……可我忘了自己正站在池子边上，于是一头栽了进去，一个熟悉的念头跃入脑海。

溺水！

夏茉提醒过我，下面是岩浆块！泡泡让我动弹不得，根本游不动！身子陷进池底，双脚烫伤，沸水呛住了肺叶。

我伸手去够池边，但是太高了！

我抽回双手，挖出几级台阶，爬上去，定了定神，预备着再挨对方一下子。

没有一点儿动静。

猪灵蛮兵一动也不动。

我看见它腐烂的脸上冒出紫色泡泡，恍然大悟——刚才以为它是痛得发抖，其实它正在变化。

"夏茉，快看！"我走到它臭烘烘的猪脸前笑个不停，"地表世界的僵尸猪灵！夏茉？"

她不在。她还没过传送门！

"夏茉！"

我回到旋涡里，打算冲过去救她。

一个急刹车！

我在浮空岛的边上急得像热锅上的蚂蚁。最后那个恶魂把狭窄的下界岩桥给炸塌了！

而对岸……

"盖伊！"

是夏茉！她陷入了僵尸猪灵的重重包围，正在进行殊死搏斗！

"伙计，我来了！"我后退一段准备起跳，助跑几步后纵身一跃……

坠落！

熔岩！

有了！

药水！

眼看就要掉进橙色的死亡之池，我从腰间摘下防火的灵丹妙药拿到唇边。

一瞬间，我眼前一黑，火苗蹿遍全身。然后——安然无恙！

一点儿没错，安然无恙。

在水下，更准确地说是在熔岩下，除了熔岩什么都看不见，可我并没有被烧成焦炭，而是毫发无损！

夏茉！

我游向水面，一个鱼跃蹦出来，头顶悬崖高挂。

我能听见她的声音，还有鼻息声，是攻击她的僵尸猪灵。

"夏茉！"我游到岸边叫她的名字。怎么才能上去呢？

要靠我那把崭新的超级镐了！

在镐子的威力下，眨眼间下界岩便纷纷坍塌。眼看我就要上去了，可是石块掉落后又冒出越来越多的熔岩！

别慌！

我一个猛子扎进去往上游，药水仍然有效，所以我浮到了熔岩池的最顶端。我还有多少时间？什么时候保护作用会消失呢？

镐子冲着天花板，我一边挖掘一边攀爬，然后突然在敌人中间冒出来，像个疯子似的抢着镐子开打！

"你还好吧？"夏茉一边问一边给凑得最近的那张僵尸脸来了一剑，"你摔的那一下子……"

"说到做到，"我和她背靠背并肩战斗，感觉如此舒心，"我再也不会丢下你了！"

我向最近的那头僵尸猪灵扑过去，把它撞到一边，这样一来，通往传送门的道路就清除干净了。

"快来！"我喊道，"这次你先过！"

为了确保这次顺利逃脱，我必须让夏茉安全到达传送门。

"盖伊……"她开口说道。

"你就放心吧！"我又往后退了几步，"这儿地方更大，速度还可以继续提升！从这边咱们能跳得更远！"

"哇呜呜呜！"

身后猪群的各种武器如骤雨般袭来。

"跳！"我大喝一声，"一定能成功！"

又传来恶魂炸弹的鸣叫声。

"可我没把握——"

猪灵继续步步逼近。

"跳！"

尾　声

"好吧，就这样，"我说着在最后一格铺上红石粉，"完成了。"

"嗯，那就下来吧。"夏茉喊着，"咱们试试。"

我从余下的一点点空间中匍匐着退了下来，爬下梯子，来到夏茉身边。她熄灭最后一支火把，眼前立即一片漆黑。

"你来吧。"她说道。

"不，"我说，"该你表现了。"

"一定要你来，"夏茉催促我道，"没有你的坚持，咱们这档子事就半途而废了。"

她把我说服了。

我把手伸向那个简单的拉杆。记不清有多少次，每当我走过这里时都要抑制住内心碰一下的冲动，这一天终于到来了。我感慨万分，心跳加速……

"砰，砰，砰！"

咔嗒。

黑夜亮如白昼。几百盏红石灯连在一起，照亮了主厅整个天花板。

有一阵子我俩谁都没说话，只是静静地欣赏着自己的劳动成果。我们花了一个多月的时间，回去把夏茉之前储藏的所有荧石都收集起来，再加上开采新的自然矿藏，现在终于大功告成，每个房间都亮堂堂的——这么说吧，几乎是每间房。蘑菇和下界疣的农场还是保持黑暗更好。只要拨动拉杆，其他房间的每一寸地方都大放光明。

"喜欢吗？"我问小伙伴。

夏茉点头回答："喜欢。"

"你觉得怎么样，小肉肉？"我冲下面的新舍友喊，小肉肉是昵称，它的大名叫培根块。僵尸猪灵没吭声，像没头苍蝇似的到处瞎逛，自从当了我们的手下败将后，它一直都是这个样子。其实跟一头臭气熏天、哼哼个没完没了的死鬼住一座山，没那么糟糕，反正对我们没什么危害。只是有一次，我忘了关卧室门，早晨醒来猛地瞧见它站在我床头。这儿的空房间很多，多个人就不冷清了。

现在它又代替了我的位置，我和夏茉分别后它会成为夏茉的新伙伴。我们都明白这一天迟早要来，我的内心充满了忧伤惋惜之情。每天晚上，看着两人的宏伟大计一步步实现，我一个人在房间里原原本本地记录下这个故事，只是有点儿害怕写到"结局"。我们的友谊之深，不亚于我与哞哞还有岛上的小雨。两个人的心意永远相通。

让友谊抵消距离，而不是任由距离削弱友谊。

和我在岛上的经历一样，这只是我旅程中的一站。很痛苦，但这是必经的；就算是必经的，也很痛苦。

该说些什么呢？如何在分别的时候强忍泪水？

我在心里排练了一大篇临别赠言，一个比一个动人。就在我左右为难用哪个好时，夏茉叹了口气先说话了："好吧，咱们也该出发了。"

慢着，她说什么？

"咱们？"

"那还用说，"夏茉有点儿恼火，"这么说吧，咱们已经为下一位旅者收拾打点好了一切。你还要为这本书收尾，对吧？"正当我斟酌措辞时，她又开口了："说不定我还能添上一笔。你宝贵的友谊原则清单呢？应该也适用于我，对吗？"我哑口无言。她扭头冲小肉肉喊了一嗓子："记住了，随时随地都必须开着灯，要不然会有些坏蛋在黑暗中冒出来。"

"这个……这个嘛……"我仍然左右为难，"你真的要和我一起走？"

"那当然！"夏茉又重复了一遍，脸上挂着夏茉特有的温暖笑容，"我还以为你知道呢，说好的默契哪儿去啦？"

"这个……我……"

"对不起，那要怪我，"又是一阵银铃般的笑声，就像天使一样，"我还得练习沟通，对吗？友则十二：朋友之间必须充分沟通。"

还没等我开口，她就凝视着我说道："我想清楚了，咱俩永远都不分开。"她望了一眼主房，或者更确切地说，望了眼远处的未知大陆。"谁知道会有什么新发现呢，"她陷入了沉思，"但我知道什么都难不倒我们。朋友团结起来更强大。"她扭过头，举起拳头跟我的一碰，"因为这就是友谊。"

我们是朋友。

我们从"我的世界"中学到的道理

我说"我们",是因为我——夏茉,正在撰写这部分内容。我痛心疾首地说:盖伊,老天哪,把每条友则前面的数字画得跟猪耳朵一样!第一条应该是他在我俩认识以前学到的,但他现在急着走,所以来不及从头过一遍然后重新编号。这么着,我就从这里开始吧。

友则 0. 朋友使你保持理智。

好吧:我们出发了。

1. 友谊必须争取。

2. 朋友互相倾听。

3. 朋友必须尊重彼此的财产。

4. 朋友说到做到。

5. 朋友尊重对方的行事风格。

6. 朋友间只需道歉一次。

7. 朋友信任彼此。

8. 朋友勇于承认内心的恐惧。

9. 朋友互相扶持。

10. 朋友团结起来更强大。

11. 朋友尊重彼此的选择。

12. 朋友之间必须充分沟通。

13. 朋友之间坦诚相待。

14. 朋友尊重彼此的信念。

15. 朋友不怕向对方求助。

16. 朋友不会强迫你放弃自我。

17. 朋友不应该在气头上闹掰。

18. 让友谊抵消距离，而不是任由距离削弱友谊。

19. 朋友之间难免有冲突，但要及时和好。

20. 不能扔下朋友。（盖伊，谢谢你。）

致　谢

感谢魔赞的工作人员让我在他们的沙盒游戏里玩个不亦乐乎。

感谢德雷书业的每一位（尤其感谢莎拉·皮德），他们一次又一次证明，所有杰出的成就都是集体智慧。

敬献夏茉主要的对话指导，崔西·沃尔特教授。

还有，一如既往地，敬我了不起的夫人米歇尔，感谢她给予我的关爱、鼓励、建议和支持，我受之有愧。

作者简介

马克斯·布鲁克斯，作家、演说家，西点军校现代战争学院非常驻研究员。他的畅销书包括：《我的世界：海岛》《哈莱姆地狱战士》《僵尸世界大战：一部僵尸战争的口述历史》等。其中，《僵尸世界大战：一部僵尸战争的口述历史》于2013年被改编为电影。马克斯·布鲁克斯的图像小说包括《灭绝游行》《特种部队：心与思》等。